누군가의 햇살이자 꽃이자 바람이었던 그대에게

누군가의
햇살이자 꽃이자
바람이었던
그대에게

이정자 산문집

　무성히 푸르던 여름이 가고 가을 속을 걷고 있듯이
　스무 살에서 지금 현재의 시간을 아울러 첫 산문집으로
묶는다.
　생생한 생의 길 위에서 보고 느끼고 깨닫게 되는 그 모든
것이
　더 깊고 넓게 확장되어 누군가에게 공감이 되고
　또 누군가에게는 따뜻한 울림으로 전해질 수 있다면 참
좋겠다.

　이제 한 그루 나무의 크고 작은 나뭇잎들이 떨어져 내리
리라.
　가벼워진 가을 속을 나는 유유자적 걷게 되리라

2022년 여름

이 정 자

목차

005   작가의 말

1부

012   꽃망울 터트리듯 새 마음으로

015   야생화의 여왕 얼레지

018   사자의 심장을 가지렴

022   왜 장미를 닮으려 하는가

025   면접관 이야기

030   짧았지만 강렬했던 인연

034   키 큰 양귀비 증후군

037   진정한 보보스족이 필요한 시대

041   열정과 나대는 것은 다르다

043   능소화 그 주홍빛 열정

2부

050   문화 강국으로 나아가는 시대

053   샤를 보들레르 그리고 알바트로스

058   도도새 이야기

060 너의 무대에서 꿈을 펼쳐라

064 아마데우스 그리고 살리에리 증후군

068 오른손을 위한 협주곡

071 장미 그 황홀한 사랑 노래

075 코이의 법칙

078 오솔길은 속도와 높이를 꿈꾸지 않아 평화롭다

082 꽃과 음악과 시

3부

088 미실, 아름답기에 치명적이고 치명적이기에 위험한

093 신화를 통해 본 에로스의 본질

097 아름다운 말, 향기로운 언어

100 한 그루 사과나무를 심고 싶다

104 화무십일홍花無十日紅

108 사랑에도 유효 기간이 있을까?

112 당신의 화양연화는 언제입니까?

115 세한도를 보며 벗을 생각한다

119 숲

123 아름다워라, 그대 생의 오체투지

4부

128 『어린 왕자』에 나타난 '길들임'의 의미

132 이름과 아호 이야기

136 준비하는 삶 그리고 아름다운 성취

139 개다래나무의 생존 전략

142 고독이란 가을 병

145 긍정 에너지의 사람이 될 것인가, 부정 에너지의 사람이
될 것인가

148 연초록 나무 같은 아이들에게

151 왈칵, 눈물

155 콩코드 광장의 추억

158 클레오파트라의 코

5부

164 나의 소울메이트

167 세상이라는 큰 책 속을 걷다

172 시詩 그 아프고도 황홀한 정신의 궤적

176 아름다웠던 시간의 황홀

179 아이티에도 희망의 햇살이

183 좋은 글은 마음을 향기롭게 한다.

186 청춘

189 타는 저녁놀의 황홀

192 현대판 박쥐들

195 아름다운 바보, 당신은 갔어도

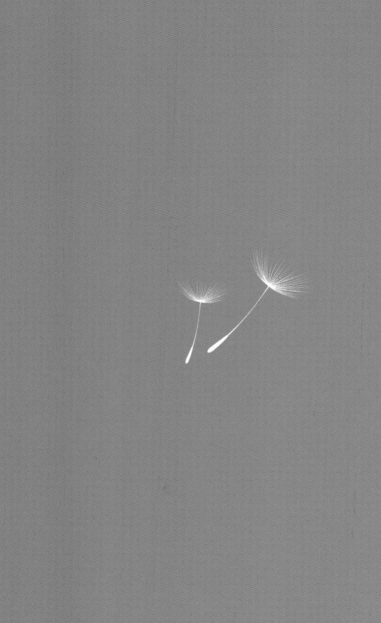

1부

꽃망울 터트리듯
새 마음으로

줄탁동시啐啄同時라는 말이 있다. 어미 닭이 알을 품고 있
다가 때가 되면 병아리가 안에서 껍질을 쪼게 되는데 이것을
'줄'이라 하고, 어미 닭이 그 소리에 반응해서 바깥에서 껍질
을 쪼는 것을 '탁'이라고 한다. 그런데 이 줄탁은 어느 한쪽의
힘이 아니라 동시에 일어나야 한다. 만약에 껍질 안의 병아리
가 힘이 부족하거나 반대로 껍질 바깥의 어미 닭의 노력이 함
께 이루어지지 않는다면 병아리는 제때 세상 밖으로 나오지

도 못하고 죽게 된다.

껍질을 경계로 두 존재의 힘이 하나로 모아졌을 때 새로운 세상이 열린다는 줄탁동시의 이치를 봄이면 나는 꽃망울 터트리기 직전의 부푼 꽃봉오리와 햇살에서도 느끼곤 한다. 이 세상은 혼자의 것이 아니라 자신의 삶과 타인의 관계 속에서 형성되는 것이기 때문에 세상을 살아가는 데 꼭 필요한 가르침이자 매력적인 이치가 아닐 수 없다.

희망은 어느 날 불쑥 찾아오는 것이 아니더라

참나무 씨앗 속에
한 그루 큰 참나무가 깃들어 있듯이
고난 속에서 싹트고
절망 속에 움터서
때를 기다리는 봄처럼
어둠 속에 낮게 웅크리고
때를 기다리는 혁명군처럼
광야의 소리 없는 함성으로
소리 소문 없이 고요히 오더라
희망의 빛으로 오더라
봄으로 오더라

— 졸시 「연두」 전문

꽃 시계는 벌써 돌아간다. 깊은 산속에서는 복福과 건강을 기원한다는 복수초福壽草며 변산바람꽃 노루귀가 피어나고 섬진 강변에서는 매화꽃 소식도 들려온다. 얼었던 냇물이 풀리고 대지가 움튼다. 봄 방학을 마친 아이들이 새 학년, 새 학기가 시작되는 때이기도 하다.

새로운 마음, 새로운 다짐으로 맞는 삼월은 그래서 의미도 깊고 기대도 크다. 농부가 씨를 뿌리듯 희망과 꿈을 파종하는 계절이다. 부모와 자녀 사이, 스승과 제자 사이, 사랑하는 연인 사이 그 모든 관계 속에서 줄탁동시의 화답이 이루어질 때 상생과 조화를 통한 성장과 승화의 기쁨을 누릴 수 있다.

매화 한 송이도 그냥 피어나는 것이 아니다. 햇살과 바람의 교감을 통한 우주의 섭리가 작용한 것이다.

야생화의 여왕 얼레지

　사진으로만 보던 얼레지를 처음 대면한 것은 2007년 봄 태백 가족 나들이 때였다. 어린이날을 맞아 초등학생이던 아이들과 카메라를 장착하고 떠난 태백 여행길은 설렘 그 자체였다. 태백산 유일사 쪽으로 방향을 잡고 숲속 오솔길을 따라 걸었다.

　종류가 제일 많다는 제비꽃 중 흰빛의 남산제비꽃이 여기저기 보이기 시작했다. 찬란한 봄 햇살 사이로 반짝이는 잎새와 새소리를 들으며 더 깊이 들어가자 그야말로 얼레지 꽃밭이라 할 수 있는 천상의 화원이 나타났다. 태어나 처음 보는 꽃들의 화원! 얼레지, 꿩의바람꽃, 한계령풀, 홀아비바람꽃, 피나물 등. 꽃들의 실물을 직접 대면하면 매우 감동적이다. 무량히 피어 있는 꽃 앞에 두 무릎을 꿇기도 하고 엎드리기도 하며 카메라를 들이대게 된다.

아이들에게 "엄마는 사십 대에야 비로소 이 꽃을 처음 보는데, 너희는 초등학생 때 이 꽃을 직접 보네, 감동이다 그치!"

그중 제일 눈에 띄는 것은 단연 얼레지였다. 희귀하게 흰색 얼레지가 발견되기도 한다는데 보랏빛 얼레지가 대부분이었다. 넓은 달걀형 잎에 얼룩덜룩한 무늬가 자주색 혹은 진갈색을 띠며 있다고 해서 얼레지라 불렸다고 한다. 꽃이 피면서 꽃 모양이 여자 치마 뒤집어지듯 뒤집어진다고 꽃말이 '바람난 여인'이라니, 절로 웃음 짓게 하는 대목이다.

저기, 지나가는 여자를 놓고
허리 상학이 발달한 여자
허리 하학이 발달한 여자 운운하며
사내 몇몇이 나른한 봄 속으로 걸어 들어갑니다

그렇게라도 시시덕거리지 않으면 봄날은 못 견딜 일인지
제 그림자를 지우며 멀어져 가는 벚나무 아래서
형이상학도 형이하학도 제 안에 다 품고 있는 듯한
꽃, 얼레지가 생각나는 것이었습니다

꽃이 피면서 여자 치마 뒤집어지듯 뒤집어진다고
꽃말까지 바람난 여인이라니!

이유 있는 반란이라면 서슴치 않는
요즘 꽃들이 제아무리 화끈하다 하여도
바람은 아무나 나나

얼레지는 피어나는데
무엇 그리 두려워 가시를 드러내며 살고 있는지

보일 듯 말 듯 숨어 있는 요염함을
한껏 꽃대로 밀어 올리며 살아도 좋을
봄날이 속절없이 가고 있었습니다
— 졸시 「얼레지의 봄날은 간다」 전문

사자의 심장을 가지렴

『숫타니파타』는 최초의 불교 경전이다. 법정 스님께서 살아 계실 때 옮긴 숫타니파타는 세속에 살아도 마음에 담고 싶은 글귀들이 참 많다. 2500여 년 전을 살다 간 부처님의 말씀을 온전히 전하기 위해 말로써 전하는 경전을 지었다고 하니 옛사람들의 지혜가 놀랍기만 하다. 그중 마음에 담아 두고 싶은 말씀이 있으니 이미 많이 알려진 내용이기도 하다.

소리에 놀라지 않는 사자처럼

그물에 걸리지 않는 바람처럼

진흙에 더럽히지 않는 연꽃처럼

'무소의 뿔처럼 혼자서 가라'는 후렴구가 따라붙긴 하지만 지혜롭고 현명한 이가 있다면 기꺼이 손잡고 함께 걸어도 좋으리라.

이집트 피라미드를 지키고 있는 스핑크스는 머리는 사람의 형상이지만 몸체는 사자의 모습을 하고 있다. 스핑크스 중에서도 이집트 기제에 있는 제4왕조 카프레 왕의 피라미드를 지키는 스핑크스가 가장 오래되고 웅장하다. 머리가 사람이니 지혜를 가졌을 테고, 손발이 사자이니 강인한 힘 또한 가졌을 것이다.

스핑크스 하면 떠오르는 유명한 일화가 있다. 테베의 암산 부근에 살면서 지나가는 사람에게 "아침에는 네 다리로 걷고, 낮에는 두 다리로 걷고, 밤에는 세 다리로 걷는 짐승이 무엇이냐?"라는 질문을 던진다. 이 스핑크스의 수수께끼를 풀지 못한 사람은 잡아먹었다는 전설이 전해지고 있다. 어느 날 오이디푸스가 이곳을 지나다가 "그것은 사람이다. 어렸을 때는 네 다리로 기고, 어른이 돼서는 두 발로 걷고, 늙어서는 지팡이를 짚어 세 다리로 걷기 때문이다"라고 대답하자 스핑크스는 물속에 몸을 던져 죽었다고 한다.

사자는 그 위엄 있는 풍모만 보더라도 단연 동물의 왕답다. 어떤 사람이 풍채는 좋은데 새의 심장을 가졌다면 어떨까. 풍채가 작더라도 사자의 심장을 가진 사람, 어떤 일에도 흔들림 없이 자신의 소신과 철학을 밀고 나가는 사람은 절로 신뢰가 가게 마련이다. 거기에 능력과 열정을 겸비한 사람이라면 리더로서의 자격도 충분할 것이다.

"사자의 심장을 가지렴"이라고 제목을 정하고 나니까, 고개를 끄덕이며 읽었던 시 한 편이 떠오른다.

장군은 자고로 담대해야 한다.
필마단기匹馬單騎로 적진에 들어가 적군의 사기를 누를 수 있는
용맹스러운 장수이어야 아군의 기세를 드높여 승전의 고삐를 잡을 수 있다고 말한다.

그런데 그러한 용장勇將을 누를 수 있는 자가 지장智將이다.
제아무리 용맹스러워도 머리 좋은 상대에겐 못 당한다.
적의 통로를 미리 알고 숨어 있다가 내리치면 제 무슨 수로 당할 수 있단 말인가?

한데, 이러한 지장을 넘어뜨리는 장수가 있으니 그가 바로 덕장
德將이다.

덕장은 수하 장병들을 고된 훈련도 안 시키고 잘 먹여 기른다.

그래서 장병들은 막사를 제집보다 더 좋아한다.

이러한 소문이 적진에 스며들게 되면 전쟁은 끝이다.

굶주린 적의 병사들이 스스로 병기를 내던지고 투항해 오기 때
문이다.

술집에서 몇 사람이 모여 이러한 싸움 얘기를 떠벌리고 있는데,

옆자리에서 혼자 술을 홀짝이고 있던 늙은이 하나가 끼어들며
하는 소리

"용장, 지장, 덕장…… 뭐니 뭐니 해도 복장이 제일이지!" 한다.

"복장? 복장이라니요?" 하고 묻자, 그 노인 이르기를

"복을 타고난 장수, 복장福將 말일세!"

하늘의 운을 타고나지 않고서는 뜻대로 안된다는 말씀이다.

— 임보 시인의 「명장론名將論」 전문

왜 장미를
닮으려 하는가

어느 날 지인이 자기 집 뜰에 찔레꽃이 피었다고 했다. 뜰에 찔레가? 가 보고 싶다고 했다. 뜰에 장미가 피었다고 하면 가 보고 싶은 충동이 일었겠는가. 집 마당에 야생의 찔레꽃이 피었다니 굉장히 낭만적 판타지로 나를 이끌었다.

어린 시절 찔레 순을 꺾어 먹은 기억과 하얀 찔레꽃 덤불에 걸려 있던 뱀 허물의 기억은 향수라기보다 잊혀지지 않는 풍경의 한 단면으로 남아 있다. 어른이 되어서야 비로소 그때는 몰랐던 찔레꽃만의 소박한 정서와 우리 민족의 한이 서린 듯한 느낌은 장사익 선생이 부르는 찔레꽃 노랫말과 분위기 탓만은 아닐 것이다.

찔레꽃 향기는 그윽하다. 장미에 견줄 바가 아니다. 원래 장미의 원조가 찔레꽃이다. 찔레꽃만의 빛깔과 향기로도 그 독창성이 충분하다. 장미는 장미대로, 찔레꽃은 찔레꽃대로, 쑥부쟁이는 쑥부쟁이대로 제 빛깔과 향기가 있다. 그래서 각각이 아름답고 향기롭다.

사람도 마찬가지! 잘 가꿔진 정원에 화려한 장미가 멋져 보인다고 자신만이 가진 고유한 빛깔과 향기의 가치를 모른 채 장미를 닮으려 애쓰는 모습은 안타깝다. 찔레꽃만의 순박하고도 푸근한 이미지는 어디로 가고 찔레도 아니고 장미도 아닌 변형된 이미지는 그 고유의 가치를 상실한 채 매력 없는 모습으로 전락하고 만다.

봄날 우리 아파트 정원에 장미와 하얀 찔레가 함께 피어난 것을 발견하고는 얼마나 반가웠는지 모른다. 문명이 발달할수록 자연에 대한 향수와 갈망은 더 커지게 마련이다. 야생에서만 볼 수 있다고 생각한 찔레꽃이 아파트 정원에 피어 있으니 진정한 명품의 가치를 아는 조경사의 손길이 닿지 않았을까 하는 생각이 들었다. 세련되지는 않아도 장미가 갖지 못한 그 순박하고도 정스러운 이미지의 찔레꽃이 그립다.

면접관 이야기

코로나 19로 온 국민이 마스크로 무장하던 어느 겨울이었다. 면접관 의뢰를 처음 받았다. "아, 나도 연차가 벌써 이렇게 되었구나, 그래도 잘 살아왔구나!" 하는 약간의 흥분과 함께 안도감이 밀려왔다. 내년도 상반기 근로자 모집 면접이었고, 45명을 뽑아야 하는데 응시자는 300명이 넘는다고 했다. 면접 시작 전, 세 명의 면접관이 응시자들의 이력서며 서류를 훑어보았다. 그리고 이틀간의 대면 면접이 이루어졌다.

짧은 휴식 타임에 문득 잊고 있었던 나의 20대 때의 면접에 얽힌 기억들이 되살아났다. 대학 때 학보에 글이 가끔씩 실리곤 해서 나름 글 쓰는 것에 자신이 있었기에 지역에서 가장 정통 있는 언론사 기자 모집에 응시했다. 후문에 의하면 세 명을 뽑는데 두 명은 이미 임원의 자녀로 짜여 있었다고 했다. 그럼 최종 합격한 한 명은 막강한 실력의 소유자가 아니었을까. 나는 차별화된 막강한 실력도 갖추지 못한 어설픈 들러리에 불과한 존재였던 것을 이내 깨달았다.

지금 생각하면 모든 건 한 끗 차, 운이 작용한다는 것을 안다. 그리고 지역 방송국 아나운서며 기자 시험에 보기 좋게 미끄러졌기 때문에 지금의 내가 있지 않나 생각해 본다. 대학 졸업 후 첫 취업의 관문의 쓴맛을 보여 준 그 신문사로부터 오래전 오피니언을 써 달라는 청탁을 받고 글을 썼으니까 말이다.

첫 면접관으로서의 경험이 자양분이 되어 지금은 문화학교 강사며 계절별 특강 강사들 면접을 보기도 한다. 그들로부터 내가 처음 놀란 것은 이력서의 학력이 석사 졸업의 고학력자가 많다는 것과 사회복지사 자격증은 물론이고 대부분의 젊은 층은 컴퓨터 자격증이 기본이라는 사실이다. 6개월이라는 단기간의 보장밖에 받지 못하는 기간제 모집에 그것도 합격된다는 보장도 없이 응시하는 그들이 보이지 않는 곳에서 얼마나 치열하게 그리고 열심히 살아 내고 있는가를 여실히 보여 주고 있었다. 80년대 우리 때도 취업이 어렵다고 했지만 지금의 취업난에 비하면 그때는 낭만적이기까지 하지 않았던가.

어버이날이라고
서울에서 내려온 딸이 그런다

"엄마 꿈, 다 이뤘네!"

** 사고
** 되고
그다음 꿈은 뭐야?

큰 욕심 없이
자족하며
감사하게 살아도

때론
진흙에 묻고
인간의 속성에 울고 웃을 때

부귀를 상징하는 모란꽃이

뜰 안 가득 넘실넘실 피었을 때보다도
베네치아를 유람할 때보다도
더 힘센 말,
"엄마 꿈 다 이뤘네!"

덕도 부족하고
지혜도 부족하지만
부드러움 가운데 강인해졌으니
이제 뭔들 극복 못 하겠니!

그래!
정말 엄마 꿈 다 이뤘다!

— 졸시「힘센 말」전문

　스쳐 지나 듯 많은 면접 응시자들과 마주하면서 그들의 여정에 박수와 응원을 보내게 됨과 동시에 어떤 난관도 극복해 가리라는 믿음이 싹튼다. 그리고 면접관으로서 그들로부터 되려 느끼고 배운 중요한 덕목 한 가지! 이 생에 감사하자! 그리고 겸손하게!

6개월이라는 단기간의 보장밖에 받지 못하는 기간제 모집에 그것도 합격된다는 보장도 없이 응시하는 그들이 보이지 않는 곳에서 얼마나 치열하게 그리고 열심히 살아 내고 있는가를 여실히 보여 주고 있었다. 80년대 우리 때도 취업이 어렵다고 했지만 지금의 취업난에 비하면 그 때는 낭만적이기까지 하지 않았던가.

짧았지만
강렬했던 인연

집안 살림과 아이들 키우며 좋아하는 분야에 관심을 갖고
공부를 하기에는 온라인상의 인터넷이 그만이다. IT 강국답
게 잘 활용하면 획기적인 문명 혜택이 아닐 수 없다.

산책길 잔디밭에 흰색의 꽃무리가 "나, 여기 있어요." 꽃말
처럼 '봄의 속삭임'으로 피어 살랑인다. 이 작디작은 풀꽃을
들여다보기 위해 쪼그리고 앉는다. "너! 이름이 뭐니? 아니

꽃명이 뭐지?" "어쩜 이리도 앙증맞게 예쁘지?" 그렇게 해서
봄맞이꽃이라는 걸 알게 되었다.

질량의 크기는 부피와 비례하지 않는다

제비꽃같이 조그마한 그 계집애가
꽃잎같이 하늘거리는 그 계집애가
지구보다 더 큰 질량으로 나를 끌어당긴다
순간, 나는
뉴턴의 사과처럼
사정없이 그녀에게로 굴러떨어졌다
쿵 소리를 내며, 쿵쿵 소리를 내며

심장이
하늘에서 땅까지
아찔한 진자 운동을 계속하였다
첫사랑이었다.
                        — 김인육 시인의 「사랑의 물리학」 전문

들꽃의 청초한 아름다움에 눈길이 가다 보니 이름이 궁금
해졌다. 제비꽃, 민들레로 시작해서 소소하지만 나름의 빛깔
과 향기로 존재의 신비를 드러내고 있는 풀꽃들, 그들을 단

순히 이름 모를 풀꽃이라 지칭하는 것은 그들에 대한 예의가
아닌지도 모른다.

 꽃 이름도 알고 식물 공부를 위해 인터넷을 검색하던 중
'자연을 사랑하는 모임'이라는 사이트를 발견했다. 야생화의
청초한 아름다움과 삶의 향기란에 올라오는 사진과 시와 음
악을 곁들인 영상 시는 그야말로 삶의 향기가 느껴졌고, 거역
할 수 없는 매혹으로 다가왔다. 온라인상으로도 이렇게 소통
과 교감이 가능하다니! 그렇게 시적 영감도 얻으며 전설 같
은 한 시절이 흘렀고, 첫 시집 『능소화 감옥』이 나왔다.

 꽃 빛에 스민 마음 한 자락이 갑자기 환해진다
 이 세상 소풍 나와 꽃 피울 일이 어찌 너뿐이겠냐고

 꽃인 너나 나나, 저마다 꽃 같은 한 시절이 있노라고
 자운영 꽃 빛깔에 휘감긴 한 생애가 그 앞을 지나간다

 순간, 등뼈 어딘가에는 빛나는 시간의
 나이테가 황홀히 새겨졌을 것이다

 그리움이란 그런 것이다
 자운영 꽃밭을 지나듯 지나온 길을

아련히 되돌아보게 하는
영원하고 싶지만 영원한 것은 없는
사라지는 것들의 쓸쓸함 속에서도

자운영 꽃밭을 지나듯 지나온 한 시절이 있어
화인처럼 찍힌 아름다운 날들이 있어
오늘도 한 생을 굳건히 받쳐 주고 있는 것이다

　　　　　　　　　　　　　　　 ― 졸시 「자운영 꽃밭을 지날 때」 전문

　지적 목마름으로 가득하던 스무 살, 전혜린의 여동생인 전
채린 교수님께 불어를 배운 덕에 인문 학도들의 필수 교양과
목처럼 읽히던 책이 있었다. 전혜린의 『그리고 아무 말도 하
지 않았다』『이 모든 괴로움을 또다시』불꽃같이 살다간 그
녀의 에세이집에 매혹됐고, 글 속의 바이올렛 일화가 강렬하
게 각인되어 있었던 터라 닉을 '바이올렛'이라 하다가 '아란'
으로 바꿨던 기억이 있다.

　지금은 함께했던 닉의 주인공들이 사라지고 흩어져 버렸
지만 각시붓꽃 뜰에봄 나무늘보 우산 꼬꼬마 백화등 화경
물푸레…… 온라인상의 짧았지만 강렬했던 인연들을 지금도
잊지 못하고 있다. 그들이 신의 축복 속에 평안하고도 행복
한 삶이기를 기도하게 된다.

키 큰 양귀비 증후군

가끔 이슈가 되곤 하는 언론의 기사를 읽다가 일반 대중들의 생각과 반응은 어떤지 궁금하기도 해서 댓글을 훑어볼 때가 있다. 실력과 능력 거기에 잘생기거나 미모까지 겸비한 유명인일수록 차마 입에 담기도 부끄러운 음해와 언어폭력이 난무하는 것을 볼 수 있다.

마치 하이에나가 썩은 먹잇감을 물어뜯듯 처참하기 그지없다. 멘탈이 여간 강하지 않으면 이슈의 주인공들은 자살이라는 죽음으로 생을 마감하기도 한다. 우리나라가 선진 반열에 오르긴 했어도 사회적 양극화 현상과 빈부 격차의 심화로 인한 사회 불평불만 자들의 분노와 울분이 이런 식으로 표출되는 게 아닌가 싶어 심히 안타깝기 그지없다.

'키 큰 양귀비 증후군'이라는 용어가 있다. 정원사가 정원을 가꿀 때 키가 커서 돋보이는 양귀비가 있으면 먼저 쳐낸다. 이렇듯 조직이나 집단 내에서도 재능이나 성과가 뛰어난 사람이 오히려 분노와 공격의 대상이 되는 사회 현상을 '키 큰 양귀비 증후군'이라 한다.

예컨대 유명 정치인이나 연예인 등 소위 잘나가는 사람에 대한 공격적인 언론이나 대중들의 질시 등이 이 현상의 대표적인 예라고 할 수 있다.

화려한 장미가 그저 좋은 것만은 아니다
마거릿 대처가 총리가 되기 전
'자기의 양귀비를 크게 자라게 만들어라'라고
시민들에게 권유했다지만, 정작
양귀비 꽃밭에 키 큰 양귀비가 있으면 먼저 꺾어 내듯
부와 명예 다 가졌다고 그저 좋은 것만은 아니다
부러움을 넘어서 시기 질투로 인한
공격이나 비난의 대상이 되기도 하니까

지천에 피어 있는 제비꽃 싫어하는 이 보았는가

민들레를 흔한 꽃이라고

보기 싫다 하는 이 보았는가

화려한 장미가 그저 좋은 것만은 아니다

부와 명예 다 가졌다고 그저 좋은 것만은 아니다

— 졸시 「키 큰 양귀비 증후군」 전문

　우리나라는 자본주의 국가답게 추구하는 궁극의 가치가 자유민주주의라 할 수 있다. 그러다 보니 양날의 검처럼 익명성의 글이나 댓글이 한 사람을 만신창이로 만들기도 한다. 그 어떤 남의 뒷말에도 끄떡없는 강철 멘탈을 키우는 법을 단련하지 않으면 삶 자체가 무너질 수도 있다.

　여기서 중요한 것은 어떠한 남의 뒷말이나 비난은 삶의 주체인 내가 문제 삼지 않으면 별거 아니라는 거다. 인간이라는 존재는 본래 모순과 부조리한 존재이기도 하거니와 자신의 눈에 든 들보를 보지 못하는 어리석은 사람일수록 남의 눈에 티는 잘 보기 때문이다.

진정한 보보스족이
필요한 시대

보보스족이란 미국의 저널리스트 브룩스가 저서 『보보스
인 파라다이스 Bobos in Paradise』에서 처음 제시한 신조어
로 부르주아와 보헤미안의 합성어다. 부르주아(bourgeois)의
물질적 실리와 보헤미안(bohemian)의 감성적 풍요를 동시에
누리는 이들은 관습이나 제도 같은 형식을 중요시하면서도
보헤미안의 자유로운 예술 정신을 추구하고 누리고자 하는
사람들을 말한다.

우리나라식 쉬운 표현을 빌자면 공부할 때는 집중해서 공부에 몰입하고, 놀 때는 화끈하게 놀 줄 아는 범생이와 날라리의 절충형이라 할 수 있다. 형식에 얽매지 않는 창의적인 아이디어를 통해 남에게 피해를 주지 않는 가운데 물질적인 행복보다는 정신적인 풍요를 중시하며 사는 이들이 여기에 속한다고 볼 수 있다.

새삼 이 용어를 들먹이는 까닭은 임기가 끝나고 자연인으로 돌아가는 노무현 전 대통령의 어느 인터뷰 기사가 아직도 뇌리에 남아 있기 때문이다. 그동안 자신에게 맞지 않은 큰 옷을 입고 있는 듯한 책임감과 중압감에 시달렸다고 한다. 이제 하고 싶은 것 하면서 여생을 보내고 싶다는 그의 인간적인 고백 속에는 노블레스 오블리주 즉 상류층이 갖춰야 할 도덕적 정신적 의무에 대한 믿음이 있어 왔다. 무엇보다도 한 인간의 아름다운 마무리를 기대했기 때문이다.

무거운 짐 벗고 고향인 봉하 마을에서 자전거를 타고 달리는 한 장의 사진 속 풍경은 느림의 미학이 어떤 것인지 대변해 주듯 정신적 충만감에 차 있는 모습이었고, 소탈하지만 평화로운 삶을 살아가겠구나 하는 기대감을 갖게 했는데 그 기대감이 끝끝내 무너지고 말았다.

우리 민족의 특성 중 하나가 합리적 민주 의식이 토대가 되었다기보다는 정情의 문화라고 할 수 있겠는데, 이 끈끈한 인지상정人之常情이란 것이 때론 폐단이 되어 커다란 화를 초래하기도 한다는 것이다. 최고의 권력에 있었으면서도 결국 그 권력이 덫이 되어 발목을 잡는 인간사의 비극은 씁쓸하고 아프다.

돈의 유혹 앞에서 자신을 지키지 못한 사람이나 돈의 힘을 빌려 사적 욕망을 채우려는 철학과 소신 없는 기업인들도 문제다. 이러한 질풍노도의 시대에 청렴결백하게 살다 가는 것이 얼마나 어려운가를 여실히 보여 준다. 자신의 삶은 자신이 관리하지 않으면 안 되는 자기 성찰의 계기로 삼아야 할 것이다.

컴퓨터 개발 사업으로 많은 돈을 벌어들여 세계적인 거부로 성장한 빌 게이츠를 보자. 그는 보보스족의 전형적인 인물이다. 이 사회에서 번 돈을 다시금 사회 복지나 발전을 위해 환원할 줄도 안다. 개인의 사적 욕망을 달성하기 위해서 바치는 뇌물이 아니라 성금이다. 문화의 차이일 수도 있겠으나 그는 티셔츠에 청바지를 입고 출근하기도 한다. 그만큼 자유로운 가운데 실리를 추구하며 이타의 삶을 실천할 줄 아는 가치 재창출의 삶의 한 패턴이기에 그가 존경받는 이유다. 이런 의식을 가지고 실천하는 사람이 많아질수록 국가도 발전하고 개인도 성장한다.

물질과 정신, 이성과 감성, 형식과 내용 이러한 대립되는 두

가치를 조화롭게 절충해서 새로운 가치를 창출해 낼 줄 아는 가치 재창출의 패러다임이 필요한 시대다. 우리나라에서도 노블레스 오블리주 정신을 소유한 진정한 보보스족이 많아 졌으면 하는 바람이다. 불합리한 의식이나 뇌물로 인한 국가 적 가치나 손실을 떨어트리는 일이 없기를 바라는 마음에서다.

열정과 나대는 것은 다르다

이솝 우화에 「뱀의 머리와 꼬리」 이야기가 나온다. 한 나라든 단체든 리더의 역할이 얼마나 중요한지를 시사한다. 능력도 있는데 열정까지 있다면 더할 나위 없이 최고의 리더의 자격을 갖춘 셈이다. 그러나 열정은 있는데 능력이 없다? 능력은 있는데 열정이 없다?

"뱀은 긴 몸을 끌면서 풀숲을 헤집고 다녔습니다. 뱀의 꼬리는 늘

불만스러웠어요. 머리가 가는 대로 끌려다니는 게 불만이었지요. 그러던 어느 날 뱀의 꼬리가 머리에게 불평을 쏟아 내며 말했어요. "어이, 머리! 네가 나보다 잘난 게 뭐가 있다고 늘 앞장서서 가냐? 이 제부터는 내가 앞장서야겠다." 그러자 머리와 몸통이 말렸습니다. "눈도 코도 없는 네가 어떻게 앞장을 서겠다는 것이냐?" 그러나 꼬리는 막무가내로 머리와 몸통을 끌고 기어갔습니다. 그러다가 물에 빠지고 말았습니다. 꼬리는 허우적거릴 뿐 점점 더 깊은 물속으로 빠져 들어갔습니다. 이때 머리가 가까스로 꼬리를 끌어올려 구사일생 살아났습니다."

이 이야기는 꼬리의 만용이 얼마나 무서운 결과를 초래하는지를 보여 주는 단적인 예다. 머리는 머리의 역할이 있고 꼬리는 꼬리의 역할이 있는 법인데 자신의 역량이나 자질도 가늠하지 못한 채 설치다가 한 나라나 단체 또는 조직을 파탄으로 몰아가는 이야기다.

전래 동화 『이솝 우화』는 그리스의 작가 이솝이 지은 것으로 동식물이나 사물의 풍자를 통해 현시대를 살아가는 현대인들에게 많은 지혜와 교훈을 안겨 준다.

능소화 그 주홍빛 열정

여름날 고택 기와 담장에 가지를 늘어뜨린 채 피어 있는 능
소화는 참으로 멋스럽다. 화려하면서도 기품 있는 자태 때문
인지 예전엔 양반집 마당에만 심을 수 있었다고 해서 '양반
꽃'이라고도 불린다. 평민들이 능소화를 심었다가는 불려 가
곤장을 맞았다고 하니 그들의 특권 의식에 미소가 지어진다.
꽃말이 '명예'다. 그런 까닭인지 능소화는 지는 모습도 독특
하다. 절정일 때 화관이 통째로 툭, 떨어진다. 낙화의 순간까

지도 제 빛깔과 기품을 잃지 않으려는 의연함이 느껴지는 꽃
이다.

능소화 꽃술에 머리를 처박고
염천을 능멸하는 운우지정의
꿀벌 한 마리
꿀의 주막에 빠져 있다

나부끼는 바람과 햇살
불의 사막을 걸어서라도
가닿고 싶은 매혹과 도취
능소화 꽃잎 속은
달디단 열락의 감옥이다

아낌없이 제 향기 제 몸 내어 주는
능소화 꿀을 따고도
한 점 상처도 흔적도 없는 저 자리가
오늘 내게는 신전이다

— 졸시 「능소화 감옥」 전문

누구나 자기만의 상징적인 꽃이나 나무 한 그루가 가슴에
살아 펄럭일 때가 있다. 세상 유혹에 미혹되지 않는다는 불

혹의 언덕을 넘어 정작 세상 유혹에 미혹되던 경험이 내게도 있었다. 그것은 복사꽃 환한 꽃나무 아래 깃든 묘약妙藥의 날들이기도 했고, 깨어나고 싶지 않은 호접몽의 환幻 같은 날들이기도 했다.

순백의 혼에 불을 놓듯 깨어나게 하는 인식에의 첫걸음이 누구에게나 있을 것이다. 가슴에 피고 지는 그 무엇인가를 향한 혼의 고백서 같은, 절정의 황홀이 찬란한 소멸의 자리가 된 뒤에도 화인처럼 찍고 간 영적 감동과 황홀은 생애 잊지 못할 기억으로 각인되기도 한다.

삶은 미완성의 여정이다. 학문도 사랑도 인생도 그 어디에도 완성이란 없다. 영원한 완성이란 죽음뿐일 것이다. 그러기에 우리는 이상과 현실 사이를, 욕망과 비움 사이를, 머리와 가슴 사이를 끊임없이 오가며 인생을 탐구하다 가는 것이 아닌가 싶다.

'생명 없는 질서'보다 '생명 있는 혼돈과 무질서' 속에서 자기를 찾아가는 여정은 참으로 지난한 일이 아닐 수 없다. 그럼에도 불구하고 '꽃봉오리 터트리듯' 순간순간을 살아 낼 수 있다면! 하는 소망을 누구나가 품는다.

좋은 시란 '모더니즘적인 감각적 언어'와 '서정성' 그리고 '철학성'이 결합되어야 한다는 어느 시인의 말에 매우 공감

한 적이 있다. 시 한 편을 쓰기 위해 나는 몸소 능소화 꽃그늘
아래 한참을 서 있었다. 나부끼는 바람과 햇살 속에서 세밀
한 관찰과 느낌을 한 편의 시로 완성하던 날들이 새삼 기억
된다.

　삶은 미완성의 여정이다. 학문도 사랑도 인생도 그 어디에도 완성이
란 없다. 영원한 완성이란 죽음뿐일 것이다. 그러기에 우리는 이상과 현
실 사이를, 욕망과 비움 사이를, 머리와 가슴 사이를 끊임없이 오가며
인생을 탐구하다 가는 것이 아닌가 싶다.

2부

문화 강국으로
나아가는 시대

　세계 보건 기구가 2020년 1월, 코로나 19의 유행으로 국제적 공중 보건 비상사태를 선언하고 범세계적인 유행이 시작된 지 2년이 넘었다. 팬데믹이라는 단어가 더 이상 낯설지 않게 되었고, 언택트 문화의 가속화로 각종 분야에서 새로운 패러다임이 세워지기도 했다.

　예술 공연계는 관객과의 소통과 교감의 무대를 잃고 잠시 All stop의 어둠 속으로 침잠했지만, 글로 표현되는 문학은 사색과 집중을 통한 더 깊은 울림을 줄 수 있는 작품을 쓸 기회 이기도 했다.

이제 일상 회복을 위한 With 코로나 시대의 돌입은 침잠 했던 일상에서 서서히 깨어나 좀 더 살아 움직이는 역동적인 삶을 영위할 수 있어 기대감마저 돈다. 그런 가운데도 불구하 고 대한민국은 전 세계적 문화 강국으로서의 역량을 한껏 발 휘하고 있다. 미국 빌보드 차트를 휩쓸고 있는 BTS가 그렇고, 세계적 열풍을 일르키고 있는 '오징어 게임'도 그렇다. 우리나 라 웹툰 시장에서 검증받은 작품들이 넷플릭스 드라마의 시 나리오가 되면서 줄줄이 흥행 홈런을 치고 있다.

알파고가 바둑 천재 이세돌을 이기는 일련의 사건은 4차 산업 혁명이 인간 지능의 한계성을 여실히 보여 주는 것이었 고, 이제 세계는 하드웨어를 만드는 경쟁에서 한층 더 진화된 소프트웨어를 만드는 경쟁 체재로 돌입하였다.

소프트웨어에서 가장 중요한 것이 그 안에 들어갈 콘텐츠 다. 그 콘텐츠가 곧 문화적 요소로 형성된다. 가령 우리가 어 린 시절 놀던 놀이 중 '오징어 게임'이라는 단순한 게임이 드 라마가 되어 전 세계를 뒤흔드는 콘텐츠가 된 것처럼 말이다.

'펜이 칼보다 강하다' 이 뜻은 곧 '사상과 글쓰기가 폭력이 나 무력보다 더 힘이 세다 또는 더 큰 영향력을 가지고 있다' 로 해석된다. 나폴레옹, 히틀러, 무솔리니 등은 강력한 독재

군주로서 무력의 힘으로 세상을 지배했던 이들이다. 이들의 말로는 평탄하지 않았지만, 아이러니한 것은 이들도 책을 끼고 사는 독서 마니아였다는 공통점을 가지고 있다는 점이다. 수준 높은 교육과 문화가 상류층만의 전유물이던 문화 후진국에서는 무력으로의 통치가 가능했고, 칼 앞에 펜의 힘은 한갓 종잇장처럼 무력해질 수밖에 없었다.

지금은 문화 강국으로 나아가는 시대이다. 이런 때일수록 문학인은 좋은 글로 감동과 치유의 역할을 할 때 펜의 힘은 한층 더 그 가치가 빛날 것이다.

샤를 보들레르
그리고 알바트로스

'알바트로스'라는 큰 새가 있다. 비행이 가능한 조류 중에서 가장 크다. 하늘에서는 구름 위의 왕자처럼 가장 멀리, 가장 높이, 가장 빨리 나는 새다. 덩치가 큰 만큼 날개 힘도 세다. 그래서 자유를 상징하는 그의 비상은 찬란하고 눈부시다.

뱃사람들은 아무 때나 그저 장난으로
커다란 바닷새 알바트로스를 붙잡는다네

험한 심연 위로 미끄러지는 배를 따라
항해의 동행자인 양 뒤쫓는 해조를

그자들이 갑판 위로 끌어내리자마자
이 창공의 왕자는 어색하고 창피하여
그 크고 흰 날개를 양 옆구리에 늘어뜨리고
가엾게도 질질 끈다네

이 날개 달린 항해자는 얼마나 서투르고 무력한가!
한때 그토록 멋지던 신세가 어찌 이토록 우습고 추레한가!
어떤 녀석은 파이프로 부리를 때리며 약을 올리고
또 다른 녀석은 절뚝절뚝 하늘을 날던 불구자 흉내를 내네

시인도 그와 다를 것이 없으니 이 구름 위에 왕자
폭풍 속을 넘나들고 사수를 비웃건만,
땅 위의 야유의 소용돌이 속에 지상에 유배되니
그 거인의 날개가 도리어 발걸음을 방해하네
　　　　　　　　　　　　　　— 샤를 보들레르의 「알바트로스」 전문

　　프랑스 상징주의의 선구자 샤를 보들레르는 초월적 세계
와 현실의 세속적 삶의 상응을 노래했다. 이 '알바트로스'는
우리에게 널리 알려진 그의 시집 『악의 꽃』에 실려 있는 시다.

알바트로스는 몇 년씩 바다에서 비행하다가 번식을 위해 땅 위로 내려온다. 이때 그의 날개가 너무 큰 까닭인지 뒤뚱 뒤뚱 걷는다. 하늘에서는 왕자지만 지상의 배꾼들에게 잡히면 갑판 위에서 온갖 조롱과 야유를 받는다. "삶이란 얼마간 굴욕을 지불해야 지나갈 수 있는 길"이라는 황지우 시인의 시구처럼 보들레르는 그런 알바트로스를 보며 자신을 지상에 유배된 저주받은 시인으로 투영하고 있다.

인간의 내면에는 선과 악이 공존해 있다고 한다. 눈 뜨고 코 베 간다는 지금 세상에도 법 없이도 잘 살 수 있는 사람들이 의외로 많다. 반면에 인간이란 존재는 얼마나 사악해질 수 있는지 요즘 지면을 장식하는 뉴스나 얘기로도 많이 듣고 보는 현실이다. 알바트로스를 괴롭히는 저 배꾼들에게도 선량한 구석은 있을 테니 말이다.

광활한 우주를 비행하고 있는 김상미 시인의 또 다른 '알바트로스' 그 찬미의 세계로 날아가 보자.

알바트로스

나는 언제나 너를 그리워해
세계 최고의 비행사, 알바트로스

지상에선 뒤뚱뒤뚱 조롱조롱 바보 새로 통하지만
커다란 날개를 활짝 펴기만 하면 모든 지평선과 수평선을 열어젖
히고
우주로, 우주로, 우주의 새가 되어 날아오르는

둥지를 짓고 새끼를 돌보는 시간 외엔
생애의 거의 대부분을 높이높이, 멀리멀리 더 멀리

거침없는 폭풍 속이든 세찬 비바람 속이든 지구에서 달까지든
세상과는 상관없이, 누구와도 관계없이 광활한 바다, 심해 위를
몇 번이고 몇 날이고 몇 달이고 몇 년이고
자유로이 바람을 타고 바람과 함께 바람이 되어 비행하는

거대한 새, 알바트로스

나는 언제나 너를 그리워해
끝없이 빛을 향해 날아오르고 또 날아오르는 네 날갯짓에
아직도 내가 살아 있다면
그 날갯짓처럼 아직도 내 마음이 자유롭고 행복하다면!

내 삶에 이보다 더 그립고, 더 멋진 이정표가

어디에 또 있으랴

동트는 여명처럼 광대하고 광대한 나만의 도취,
알바트로스!

　　　　　　　　　　　　　　　　— 김상미의 「알바트로스」 전문

　거룩한 바보라 일컫는 김수환 추기경님이 선종하셨다. 흙으로 돌아가는 그분의 뒷모습을 바라보며 종교를 넘어선 많은 이들이 눈물 꽃을 피웠다. 처음도 끝도 없이 이타의 삶을 살다 가는 행동하는 양심, 그의 뒷모습은 얼마나 아름다운가. 무엇인가를 향한 순수한 열정의 순간을 지속시킬 수 있다면 얼마나 좋을까.

도도새 이야기

　인도양의 모리셔스섬에 서식했던 도도새라는 큰 새가 있었
다. 주변에는 먹이도 풍부하고 천적도 없어 이 도도새는 나
무가 아니라 땅에 둥지를 틀고 살았다. 하늘을 날 필요가 없
었기 때문에 날개는 거추장스럽고 쓸모가 없어 퇴화되고 말
았다. 오랫동안 천적으로부터의 공격이나 방해 없이 살 수 있
었기 때문에 결국 비행 능력을 잃고 말았다. 울창한 섬에 다
양한 종의 조류 외에 포유류는 없었기 때문이다.

1505년 포르투갈인들이 최초로 이 섬에 도착했다. 이후 모리셔스섬은 고기잡이 어선들의 중간 경유지가 되어 버렸다. 신선한 고기를 원하던 선원들에게 날 수도 없고 도망갈 줄도 모르는 도도새는 사냥감으로 최적이었다. 그때부터 도도새는 무분별하게 포획되기 시작했고 모리셔츠섬의 특산종이었던 도도새는 지금은 멸종되고 없는 새가 되고 말았다.

도도새의 멸종 이야기가 여기서 끝난다면 다행일 것이다. 그 섬의 칼바리아 혹은 탐발라코크라고 하는 나무의 씨앗을 퍼뜨릴 방법 또한 잃어버렸다는 사실이다. 이 나무는 도도새가 나무의 열매를 먹고 배설하는 방법으로 번식을 해 왔기 때문이다. 이 같은 사실이 알려진 후 이 나무를 도도나무라 부르게 되었다. 다행히 도도새와 식성과 크기가 비슷한 칠면조에게 대신 열매를 먹인 결과 싹을 틔우는 일에 성공했고 도도나무는 멸종의 위기로부터 벗어날 수 있었다.

생태계의 파괴가 불러오는 생물종의 사라짐은 우리가 살고 있는 이 지구에 얼마나 위험하고 무서운 결과를 초래하는지 짐작하고도 남는다.

동물 세계뿐만 아니라 우리 인간 세계에서도 안락하고 평화로운 것이 그저 좋은 일상만은 아니라는 것을 도도새 이야기로부터 배우게 된다.

너의 무대에서
꿈을 펼쳐라

    학교에서 돌아온 아이가 CD를 내밀며 함께 보자고 했다. '추억의 사진첩'이라는 제목 아래 활짝 웃는 아이의 모습이 담긴 CD 속에는 일 년 동안의 편린들이 그대로 담겨 있었다. 전 학년 담임 선생님의 선물이라고 했다. '사랑하는 아이들아, 지금처럼 맑은 마음으로 앞으로 펼쳐질 넓은 세계를 너희들의 멋진 무대로 만들어라' 마지막 장면을 닫으며 뭉클, 감동의 눈시울이 젖어 왔다. 잠재된 가능성을 일깨우는 희망의 메시지가 얼마만큼 아이들의 가슴에 가 닿아 울림으로 새겨지냐는 아이들 각자의 몫이지만 아름다운 선물이다.

우리가 살아가는 궁극적 목적은 행복 추구이다. 꽃 한 송이 피어나는 것을 바라보면서도 행복할 수 있고, 좋은 사람과 나누는 대화 속에서도, 커피 한 잔을 마시면서도 우리는 행복할 수 있다. 그럼 이 세상에서 가장 행복한 사람은 누굴까? 아마도 자신이 하고 싶은 일을 하면서 사는 사람일 것이다. 그것이 먹고사는 생업이 됨과 동시에 부와 명예까지 따라주는 일이라면, 그리하여 누군가에게는 생의 이정표가 되기도 하고 또 누군가에게는 감동을 안겨 줄 수 있는 인생이라면 더할 나위 없이 부러움의 대상일 것이다.

아름다운 도전 없이는 그 어떤 꿈도 이룰 수가 없다. 현실이라는 무대는 넓고 광활하지만 냉혹하다. 기록을 깨고 피켜의 여왕으로 등극한 김연아, 그의 무대를 지켜본 사람은 안다. 빙판 속을 자유로이 노니는 재능과 승부사적 근성 그리고 트리플 플립 트리플 토루프 콤비네이션 점프는 물론 더블 악셀의 정확한 기술과 러시아 림스키코르사코프가 작곡한 셰에라자드를 배경으로 온몸으로 보여 주던 그의 예술적 감각을.

영광이 있기까지는 보이지 않는 크고 작은 부상과 상처가 무수히 그의 몸과 영혼을 관통해 갔을 것이다. 그녀에게 소녀 시절이란 없었고, 친구도 없고 오로지 빙판 위에서 연습만이 있었을 뿐이다. 무수한 넘어짐을 통한 다시 일어서기와 전력 투구의 불굴의 의지는 한 해 CF 수입만도 50억이 넘는 인적 자산이자 한 나라의 국익을 짊어진 움직이는 무형의 가치로 거듭난 것이다.

'나도 할 수 있다'는 꿈과 열정의 메시지를 파종한 이 지역이 낳은 반기문 전 유엔사무총장이나 '신이 내린 목소리'라는 찬사를 받으며 세계적 음악가로 성장한 조수미, 짧은 생을 마감했지만 죽어서도 빛나는 시를 남긴 기형도 시인 등 살아 빛나는 인생이든 죽어 비로소 인정받는 예술 작품이든 삶의 방식은 저마다 달라도 자신의 재능을 살려 그 분야에서 최고가 되는 삶은 어쨌거나 멋진 일이 아닐 수 없다. 그 이면에는 무수한 시련과 좌절을 딛고 일어선 인간 승리의 살아 있는 드라마이기에 더욱 빛난다.

올해 첫 산문집 발간을 앞두고 예전에 발표한 글들을 정리하는 가운데 피겨 전설 김연아가 포레스텔라 멤버인 고우림과 결혼한다는 소식이 터졌다. 포레스텔라 팬인 나로서는 반가운 소식이다. 마법의 황홀감을 안겨 주는 고우림의 음색뿐만 아니라 인상도 참 좋은 청년인데 어쩜 그렇게 선남선녀가 만나다니 축복이 아닐 수 없다.

아름다운 도전 없이는 그 어떤 꿈도 이룰 수가 없다. 현실이라는 무대
는 넓고 광활하지만 냉혹하다.

아마데우스 그리고
살리에리 증후군

영화 「아마데우스」가 개봉됐을 당시 많은 화제가 되기도 했다. 볼프강 아마데우스 모차르트와 동시대에 활동한 음악가 안토니오 살리에리(Antonio Salieri, 1750~1825)가 평생 모차르트에 대한 열등감에 시달리다가 질투심을 이기지 못해 끝내 모차르트를 독살한다는 내용을 담고 있다. 음악의 신동 모차르트를 시기한 궁정 음악가 살리에리의 광기에 찬 파멸의 서곡은 관객을 몰입하지 않을 수 없게 만들었다.

고전주의 대표적 음악가로 베토벤, 모차르트, 하이든 정도
는 알고 있는 바였지만 그의 스승 살리에리라는 인물은 이
영화를 통해서 대부분 그의 존재를 인식하게 된다. 두 사람
의 대결 구도에서 파생되는 모차르트는 방탕하고 경박스럽
다. 예상치 못한 그의 경박스러운 웃음소리는 몰입한 관객들
을 또 한 번 웃게 만들었다. 그럼에도 불구하고 그의 음악적
재능만큼은 그 누구도 넘볼 수 없는 하늘이 내린 천재다.

반면 살리에리는 매우 신중하고 자존심이 강한 노력형 수
재지만 뛰어넘을 수 없는 모차르트에 대한 경탄과 열등감으
로부터 자유롭지 못한 인물이다. 살리에리는 이미 높은 사회
적 지위를 획득하여 하이든 같은 당대의 저명한 작곡가들과
교류가 있었다. 베토벤, 슈베르트, 리스트 등 모두 어렸을 때
그의 지도를 받았을 정도로 명성이 있었음에도 불구하고 질
투심이 강한 인물로 그려지고 있다. 일반적으로 궁정 음악가
로서의 자신의 위치나 명성으로도 그만하면 충분하다고 자
족하고 감사하며 살 수도 있었을 것이다.

살리에리의 비극은 천재성을 알아볼 수 있는 뛰어난 감각
을 가졌다는 것, 그 천재성에 대한 동경과 결코 그 천재성을
뛰어넘을 수 없다는 자괴감, 이로 인한 심리적 분열 상태로
상대를 무너뜨리고자 하나 스스로 무너진다는 것이다.

1

톡, 쏘는 맛이 매력이라고
가시를 품은 장미를 너는 꺾고 싶었겠지
꺾어 네 방 꽃병에 꽂아 두고
썩어 말라 가는 향이라도 맡고 싶었겠지
난공불락의 성도 아니고
제 몸 하나 지키겠다고 곧추세운
그 알량한 아성을 무너트려 보고도 싶었겠지
그치만 조심해!
도도 요염한 장미가
아~앙흥 발톱을 드러내며
네 얼굴을 확, 할퀼지도 모르니까

2

그토록 경계하던
네가 가고 없는 날
떨어져 누운 나비의 시신에
장미 꽃잎 따 덮어 주고 오는 길
꽃잎 흩날리는
여기는 잠시 잠깐의 이승
선덕여왕을 사모한 지귀의 혼이여
영원한 안식에 들라

  영화 「아마데우스」는 일인자라는 그 자리를 차지하고 싶은 욕망이 빚어 내는 비극의 서사이기도 하다. 이렇듯 주변 인물 일인자로 인하여 이인자로서 느끼는 열등감과 시기와 질투를 보이는 심리적 증상으로 '살리에리 증후군'이라는 용어가 생겨났고, 이 영화가 흥행을 기록한 뒤에도 극단적인 이인자의 심리 상태를 이르는 용어로 '살리에리 증후군'이란 말이 오늘날 광범위하게 쓰이게 되었다.

오른손을 위한 협주곡

탄금대 숲속이었다. 화장실에서 볼일을 보고 나오는데 예측도 없이 미끄러져 꽈당 주저앉았다. 전날 봄비가 내려서 대지는 촉촉이 젖어 있었다. 그때 본능적으로 오른손이 땅을 짚었던가. 온 숲이 캄캄했고 고통이 몰려왔다. 한참을 주저앉아 있던 자리에서 일어서려는데 의지와는 무관하게 오른손팔이 축 늘어졌다. 곧 구급차가 왔고 나는 태어나 처음 응급실에 실려 가는 믿기지 않는 상황이 벌어졌다.

피아니스트 파울 비트겐슈타인(1887~1961)을 떠올리게 했다. 그는 제1차 세계대전 중 부상으로 오른팔을 잃게 된다. 하지만 연주에 대한 열망으로 그는 왼손으로만 연주할 수 있는 작품들을 많은 작곡가들에게 의뢰했다. 그렇게 탄생한 곡이 라벨의 왼손을 위한 협주곡이다.

팔 골절 수술을 받고 오른손잡이이던 나는 현실을 인정할 수밖에 없었다. 반평생을 헌신했으니 너도 좀 쉬어야 하지 않겠는가. 스스로 위안을 받고자 했지만 약간의 두려움이 엄습해 왔다. 혼자서는 제 몸 하나 추스르기도 어려운 상황이 어느 순간 절망스러웠다. 그 오른손을 대신하는 남편의 노고가 고마웠고 비익조라는 새가 생각났다.

비익조는 암컷과 수컷의 눈과 날개가 각각 하나씩이어서 짝을 짓지 아니하면 날지 못한다는 상상의 새다. 둘이지만 하나로 움직이는 부부간의 아름다운 사랑을 의미할 때 비익조나 연리지로 표현하곤 하는데 신의 뜻이던가. 우리 부부는 비익조처럼 함께 움직이지 않으면 안 되는 상황에 감사해야 했다.

시간이 약이라고 재활의 노력까지 더해지니까 점차 예전처

럼 하루가 다르게 부드러워지고 있는 오른손에 대한 희망이
오늘은 나를 살게 한다.

장미
그 황홀한 사랑 노래

꽃은 향기를 날릴 뿐 나비를 쫓지 않는다. 그러기에 그 가
치는 더욱 높고 빛나는 것인지도 모른다. 꽃의 여왕이라 하는
장미를 보자. 우리 주위에서 흔히 볼 수 있는 꽃임에도 불구
하고 귀한 대접을 받는다. 스스로의 품격을 지킨다.

장미는 정열적인 사랑을 상징하기도 하고, 아름다운 여인
을 은유하기도 한다. 성부와 성자와 성신 그 삼위일체의 원리

가 이 꽃 속에 담겨 있어서 고딕 양식으로 지어진 성당이나 교회 스테인드글라스를 장식하는 문양이기도 하다. 어디 그 뿐인가. 흰빛의 하얀 장미를 자세히 들여다보고 있으면 마치 성모 마리아가 현신이라도 한 것처럼 고결한 빛을 발한다. 반면 겹겹으로 둘러싸인 붉은 장미 꽃잎은 열어 보고 싶은 악마적 충동에 사로잡힐 만큼 고혹적이다. 장미 향은 은근히 매혹적이어서 향수로도 널리 쓰인다.

'낮에는 코스모스처럼 청초하고, 밤에는 장미처럼 농염하라'는 글귀도 있고 보면, 붉은 장미는 클림트의 '키스'처럼 영과 육의 합일을 통한 생명과 육체에 대한 찬가다. 사랑과 관능이 어우러진 에로티시즘의 향기가 짙게 배여 있다. 영혼과 육체, 성스러움과 속됨 그 성聖과 속俗의 양면성이 동시에 깃들어 있는 것은 거역할 수 없는 신비한 마력 같은 매력을 뿜어낸다.

내 눈빛을 지우십시오, 나는 당신을 볼 수 있습니다
내 귀를 막으십시오, 나는 당신을 들을 수 있습니다.
발이 없어도 당신에게 갈 수 있고
입이 없어도 당신을 부를 수 있습니다.
팔이 꺾여도 나는 당신을 내 심장으로 붙잡을 것입니다.
내 심장을 멈춘다면 나의 뇌수가 맥박칠 것입니다

나의 뇌수를 불태운다면 나는 당신을 피 속에 싣고 갈 것입니다
— 라이너 마리아 릴케의 「순례의 서」 전문

「순례의 서」 이 시詩는 장미 가시에 찔린 상처의 후유증으로 죽은 시인, 라이너 마리아 릴케의 연인 루 살로메에게 바친 첫사랑의 고백 시다. 태양처럼 뜨겁고 첫사랑처럼 강렬하다.

뛰어난 문학적 감성과 철학적 사고, 빛을 발하는 듯한 루 살로메의 외모는 잠자던 젊은 영혼에 불을 붙이듯 창조력을 불러일으켰음이 분명하다. 인습을 무시하고 릴케와 볼프라츠하우젠에서 천상의 사랑을 불태웠던 루 살로메는 14살이나 연상이었음에도 불구하고 그에게는 마돈나며 어머니며 연인으로서 영감의 원천이 되었던 것이다.

이 시를 처음 대했던 스무 살 나의 영혼도 삼켜 버릴 듯한 마력적인 흡인력에 심장이 쿵쾅거렸었다. 그리고 알지 못할 미지의 세계에 대한 동경과 그리움으로 아득했다.

"새는 알을 깨고 나온다. 알은 하나의 세계다. 태어나려는 자는 한 세계를 파괴하지 않으면 안 된다." 이 말은 헤르만 헤세의 『데미안』에 나오는 이야기다. 알을 깨는 고통의 과정 없이 진정한 자유의 날개를 달 수 없을 것이다. 그 시대나 지금이나 자유 의지에 따라 소신대로 살기가 어디 그리 쉬운 일인

가. 역사의 족적을 남기는 인물이나 예술 작품은 결코 절로 탄생되는 것이 아님을 거듭 깨닫는다.

코이의 법칙

'코이'라는 비단잉어가 있습니다. 흔히 연못에서 키우는 화려한 색상의 관상용 잉어입니다. 일본에서 이 비단잉어를 집중적으로 개량 발전시켜 왔기 때문에 일본식 이름이 붙여졌습니다. 놀라운 것은 색채, 번식력, 혈통이 뛰어난 코이는 우리 돈으로 20억에 가까운 금액으로 거래되기도 한다고 합니다.

이 코이는 살아가는 장소의 크기에 비례해 자라납니다. 환경에 따라 몸집이 크게 달라집니다. 어항에 키우면 어항 속에서 살아갈 수 있는 크기가 되고, 연못에 키우면 연못에서 살아갈 수 있는 크기로 자라고, 강에서는 1m가 넘게 자라납니다. 사는 환경에 따라 성장 한계점이 달라집니다. 이러한 현상을 두고 '코이의 법칙'이라 합니다.

어느 날 물가에서 한 무리 피라미 떼가 몰려다니는 것을 바라보고 있었습니다. 그 모습을 물끄러미 들여다보고 있자니 정겹기도 했습니다. 그러면서 왜, 문득, 유유히 바다를 유영하는 고래라든가 상어 같은 대어의 생태 습성에 대해 생각했는지 모르겠습니다. 재미있는 것은 우리 사람도 그와 비슷하다는 사실에 스스로 놀랐습니다.

세상에는 자신의 숨겨진 재능을 평생 알지도 못하고 죽는 이도 있을 것이며, 더 넓은 세계로 나아가지 못하고 우물 안 개구리처럼 갇혀 그게 세상의 전부인 줄 알고 사는 이들도 있을 것입니다. 지금 현재의 삶에 안주하는 사람들도 많을 것입니다. 자신의 가치관 또는 자신의 그릇과 몫대로 살다 가는 것이 인생이니까요.

그러나 한 마리 대어처럼 비록 외롭고 고독하지만, 혁신과 비전, 도전과 모험 정신을 가지고 난관을 극복하며 더 넓고 깊은 세계로 자신을 확장해 가는 사람은 분명 멋진 사람임에 틀림없다는 것입니다.

오솔길은 속도와 높이를
꿈꾸지 않아 평화롭다

우리나라 4월과 5월은 연둣빛 새순이 돋고 꽃들이 만발하는 아름다움의 극치다. 죽은 땅에서 새 생명을 싹 틔우기까지 혹독한 시간이 자연에게도 왜 없었으랴!

모처럼 남산을 올랐다. 사람들이 많이 다니는 등산로보다 저쪽으로 나 있는 오솔길의 정취가 나를 끌어당겼다. 노란 생강나무가 봄의 전언처럼 꽃봉오리를 터트리더니 이내 진달래가 여기저기서 꽃망울을 열었다. 오솔길은 인적이 드물어

떨어진 솔잎이 그대로 쌓여 있어 걷는 발의 느낌도 참 좋다.

무덤가 노란 양지꽃이 피어날 때면
꽃잠에 들었던 야생의 숲은 기지개를 켠다
그 곁 양 떼 목장도 화들짝 깨어난다
풀꽃이 미풍에 살랑인다
가끔씩 가족이나 연인들이 찾아와
시끄러워도 풀만 뜯는 놈
쫑긋 귀 세우고 먼 산 바라보는 놈
똥 싸는 놈 오줌 갈기는 놈
양몰이 개들이 뛰어다니면
덩달아 뛰는 놈 쫓아가는 놈
천진무구한 아이 눈빛 닮은 놈
손 내밀면 혀로 핥는 놈
제 먹이 찾는 것에만 정신 팔린 놈
벌러덩 넘어져 용을 써도 못 일어나는 놈
평화롭기 그지없어 보이는 양 떼 목장은
정작 치열한 생존 경쟁의 정글이어서
꽃향기 따라온 벌 나비뿐만 아니라
늑대나 멧돼지도 나타나곤 한다는데
꽃대를 밀어 올리던 얼레지가 죽은 척
시늉하는 것도 다 그 때문이다

심심한 평화보다는 치열한 전쟁이 낫다고

늑대나 여우가 출몰할 때면

메기를 풀어놓은 미꾸라지 통처럼

살고자 퍼득이는 원초적 에너지가

천방지축 바위를 뛰어넘는다

비가 초록 비가 쏟아지면 대지가 출렁인다

양 떼 목장은 생동하는 대자연의 한판 축제의 장이다

그런 양들도 죽을 때가 되면 온순해진다

돼지나 염소처럼 버둥거리는 저항 한 번 없이

온전히 죽음에 순종한다

그래서 양들의 침묵 속엔

소리 없는 함성 같은 울음소리가 들린다

초록 물결 일렁이는 양 떼 목장에 가면

다양한 풀꽃들이 더불어 산다

— 졸시 「양 떼 목장엔 풀꽃들이 산다」 전문

호젓한 오솔길로 들어선 길이 더 멀리 가기 위한 자양분과 경험을 축적하는 기회일 수도 있다. 질주가 의무인 고속도로와 주위 풍광을 즐기며 갈 수 있는 국도의 선택은 운전대의 주인인 자신에게 달려 있다. 오솔길은 속도와 높이를 꿈꾸지 않기에 자신만의 흐름에 내맡기고 평화로이 걸을 수 있어 좋다.

우리는 살아가면서 순간순간 선택의 기로에 선다. 아무 장애 없이 쭉쭉 빵빵 가고 싶은 대로가 펼쳐진다면야 무슨 문제랴. 하나 우리네 인생길은 그리 녹록지만은 않다. 그럼에도 불구하고 자신의 삶을 책임질 줄 아는 셀프 리더는 사회적 분위기나 사람들의 평가에 흔들리지 않고 자신의 신념대로 인생을 멋지게 가꿀 줄 아는 사람들이다.

꽃과 음악과 시

    얼마 전 예총 정기 총회 모임에 참석했다가 뜻하지 않은 봄 기운에 감염되어 온 듯한 잔잔한 물결이 내면을 타고 흐르는 것을 느낄 수 있었다. 의례적인 식순 행사가 끝나면 맛있는 음식을 먹으면서 나누는 안부 인사와 정담의 시간은 즐겁기 마련인데, 그보다도 더 마음을 자극한 것은 빨간 꽃핀을 꽂고 생글거리는 모습으로 나타난 어느 여인네 때문이었다.

    문득 '장미와 여인'이라는 천경자 화백의 화관을 두른 그림이 연상되었고, 늙어도 늙지 않는 에너지는 어디로부터 나오는 것이며, 문명화되고 절제된 일상의 테두리 속에서도 원시의 생명력을 잃지 않고 살 수 있다면 그것 또한 삶의 원동력임과 동시에 축복이 아닐까 하는 생각을 하게 한다.

젠틀한 남자와의 악수보다도 더 힘을 발하는 그녀의 신선한 기에 감염되고 온 날, 문득 '꽃과 영혼의 화가' 천경자의 젊은 시절 화관을 쓰고 찍은 사진이 생각났다. 그리고 '서울에 새 눈이 내리고, 내가 적당히 가난하고, 이 땅에 꽃이 피고, 내 마음속에 환상이 사는 이상 어떤 슬픔에도 지치지 않고 이 세상에 살고 싶다'던 그의 글이 다시금 상기됐다.

내가 살고 있는 도시, 충주는 산과 호수가 어우러져서 곳곳이 아름답다. 계절마다 다양한 나무와 꽃과 수생식물이 숲과 호수에 피고 진다. 어느 해던가, 멀리서 벗이 찾아와서 어디를 보여 줄까 생각하다가 탄금호가 있는 중앙탑과 연꽃밭으로 안내했더니 매우 아름다운 도시라고 또 오고 싶다고 했다. 이 땅에도 다시 봄이 와서 봄비가 목마른 대지를 적시고, 연둣빛 싹이 돋고, 사과꽃 향기 들녘에 만발할 것이다.

그때 음악과 시가 있는 한

영원한 청춘일 거라고 생각했었다

아니 한 장의 나뭇잎조차 빛나지 않았다

우리가 빛이었으므로

가슴 근원에 잡히는 멍울은

울음이 아니라 음악이라고 생각했었다

— 강연호 시인의 「음악」 부분

불혹을 넘긴 어느 한때 분명 시는 나의 노래였었다. '꽃과 음악과 시'가 함께한, 그 순수한 날들이 내 청춘의 봄날이었 는지도 모르는데, 열정은 식고, 그때의 나는 없다.

희망도, 절망도, 간절함도 없이, 책을 읽고, 음악을 듣고, 밥 을 먹는다. 매일 먹는 밥은 육신의 양식이요 '꽃과 음악과 시' 는 내 허기진 정신의 양식이 되어 주었다. 제도와 관습의 틀 에 의식과 생각마저도 저당 잡힌 채 점점 매너리즘에 빠져드 는 일상에 마음의 양식마저 없었다면 폐허의 사원처럼 내 정 신의 감각도 늘어 갔을 것이다.

이 땅에도 다시 봄이 와서 봄비가 목마른 대지를 적시고, 연둣빛 싹이
돋고, 사과꽃 향기 들녘에 만발할 것이다.

3부

미실, 아름답기에 치명적이고
치명적이기에 위험한

천오백 년의 시공을 거슬러 올라간 드라마 『선덕여왕』을
즐겁게 보았었다. 보는 이들의 탐미 심을 자극했던 것은 정작
주인공인 선덕여왕보다도 부드러우면서도 강하고 강하면서
도 부드러운 미실이라는 한 여인이었다. 선덕여왕은 지귀 설
화를 통해 이미 알 수 있는 박애 정신이나 당나라에서 가져
온 병풍의 모란꽃 그림을 보고 벌 나비가 없는 것으로 보아
향기 없는 꽃임을 알아채는 지혜와 혜안을 가진 우리나라 최

초의 여왕이다. 픽션이 가미된 드라마이긴 했지만 선덕여왕
보다 미실에게 더 끌리는 것은 어쩔 수가 없었으니, 아름답기
에 치명적이고 치명적이기에 위험한 그녀의 욕망은 살아가는
힘의 원천이기도 했다.

　내가 처음 '미실'을 알게 된 것은 몇 년 전, 딸아이 학교 도
서 바자회에서 사 온 세계문학상 당선작인 『미실』을 읽고부
터였다. 미실은 『화랑세기』에 묻혀 있던 한 인물을 천오백 년
의 시공간을 뛰어넘어 한국 문학사에 가장 개성 있는 여성
인물로 거듭 태어나게 했다. 자신의 인생을 개척하며 거침없
는 로맨스를 흩뿌리고 간 인물들이 서양 역사에만 등장하는
줄 알았다. 뛰어난 미색에 통찰력과 직관을 겸비한 정치가이
기도 한 미실이 도의를 중시하던 우리 신라 사회에서도 존재
했다는 사실이 새삼 놀라웠고 경이롭기까지 했다.

　'아름다운 사랑의 결실'이란 뜻을 가진 미실美實은 세 여자
가 지닌 장점을 한 몸에 지닌 여자라고 한다. 남편인 세종군
이 있음에도 불구하고 화랑인 설원랑과의 로맨스며 색공으
로서 왕들과의 자유로운 성문화는 이제껏 우리가 교육받고
인식했던 상식과 도덕을 뛰어넘는 데다가 충격적이기까지 했
다. 매화와 휘파람새처럼 떨어지지 말자고 약속했으나 결국
이루지 못한 사랑, 사다함을 향한 연모는 한 개인의 역사를

뛰어넘어 한 나라를 연모하기에까지 이르는 그녀의 숙명 앞에 아릿한 슬픔이 일었다.

그 시대 삼한을 통틀어 최고의 미색, 당대의 영웅과 호걸을 단숨에 사랑으로 장악하여 전주에까지 오른 여인, 기개와 야망이 남아를 넘어서고 문장력과 예술의 기량도 수려하였다. 아름다움의 힘을 지혜를 키우는 일에 게을리하지 않은 덕에 상생과 박애의 경지를 깨달은 여인이라고 하였다. 미실은 화랑도를 이끌며 자연과 사람의 본성을 거스르지 않는 문화를 통하여 삼한을 다스리는 이치를 설파했다. 또한 하늘과 땅과 사람은 광대무변의 우주의 근원이라는 한민족 고유의 천, 지, 인天地人 사상을 숙고했다. 인간으로 태어난 자는 하늘의 뜻을 받들어 음양의 조화를 꾀하고, 땅을 존중하여 사람을 다스릴 때는 어질고 의로워야 마땅하리라는 미실의 정치 철학은 사리사욕 따라 움직이는 현대인들에게 냉정한 자기 성찰과 각성을 요하는 것 같았다.

그런데 왜 나는 미실을 보면서 솔베이지 노래에 나오는 한없는 기다림과 순정의 상징인 전설의 솔베이지나 천부적인 재능을 타고났으나 스승인 로댕의 그늘에서 날개 한 번 달지 못하고 집착과 정신병으로 생을 마감한 까미유 끌로델 같은 여인네가 생각나는지 모를 일이었다. 만약 미실이 그러한 상

황에 놓였다면 한 번뿐인 생을 그렇게 살다 갔을까? 분명 그
녀는 능동적이고도 진취적인 정신을 소유한 만큼 얄미우리
만치 새로운 인생으로의 전환을 꾀했을 것이다. 그래서 미실
에게선 수국 빛 향내가 난다. 환경에 따라 흰빛으로 피었다가
도 분홍빛이 되기도 하고 푸른빛이 되기도 하는 수국은 토양
의 산도에 따라 꽃색이 바뀐다 하여 일명 칠변화七變花라고
도 하지 않는가.

처음에는 흰색으로 피었다가도
분홍빛이 되기도 하고 또는
하늘빛이 되기도 하는 그녀를
수시로 낯빛을 바꾸는
못 믿을 여자라며 멀리했지요

바람 한 점에도 아득해지는 날
내 안의 또 다른 나를 바라보면서

수국은 수시로 꽃색을 바꾸는
못 믿을 꽃이 아니라
꽃빛을 바꾸지 않으면 안 되는
어쩔 수 없는 열망이
제 안에 숨어 있기 때문이라는 걸

알게 되었지요, 이해하게 되었지요

— 졸시 「수국」 전문

신화를 통해 본
에로스의 본질

천지사방 꽃들이 피어나고 연초록 물결이 출렁이는 봄날
이다. 앞서가는 여학생의 치마가 봄바람에 나풀거리고, 저만
치 하늘빛 재킷이 봄빛에 도드라져 얼굴까지 환해 보이는 남
학생이 걸어오고 있다. 초록의 숲과 지성의 향기가 한데 어우
러져 있는 교정을 걷고 있노라면 마치 식지 않은 무엇인가 내
면에서 꿈틀거리고 있는 것만 같다. 마음이 뜨겁게 고조된다.
그리고 지극히 인간적인 신들이 살던 올림푸스 산정을 연상하게 된다. 그중에도 남녀 간의 사랑의 본질을 일깨워 주는 에로스의 탄생 과정이 그려져 있는 대목이 강렬하게 그려지는 것이다. 거기에 나오는 가난의 여신과 풍요의 신이 만나던 날이 마치 오늘과 같은 아름다운 봄날이었을 것만 같은 환상에 젖곤 한다.

영원한 신들의 땅 높고 빛나는 올림푸스 산정에서 어느 날 미의 여신인 아프로디테의 탄생 축연이 있었다. 모든 신들이 초대를 받았는데 딱 한 사람 가난의 여신인 페니아만이 그 생일 파티에 초대받지 못했다. 이 여신이 가는 곳마다 빈곤이라는 선물이 주어지기 때문에 신도 인간도 그녀를 싫어했기 때문이다. 초대받은 신들 중엔 유독 돋보이는 신이 있었으니 그가 바로 풍요의 신인 포로스다. 그는 유리알같이 반짝이는 이성과 뜨거운 가슴을 동시에 지닌 모자람이 없는 신이었다. 영혼도 육체도 풍족했다.

잔치가 무르익자 그는 만취하여 제우스의 정원에 가 쓰러져 잠이 들었다. 이때 더럽고 누추한 옷을 걸친 페니아가 잔치 소식을 듣고 주린 배를 구걸하러 올림푸스 산정을 향하여 가던 중이었다. 그녀는 갑자기 감전된 듯 멈춰 섰다. 잔디밭 꽃나무 아래 잠들어 있는 이 아름다운 젊은 신은 누구인가? 누군가의 가슴에 큐피드의 화살을 쏘아 올리고 싶을 만큼 하늘은 푸르르고 꽃들이 만개한 봄날이었으리라.

포로스의 숨결에서는 포도주 향기가 났다. 이 풍요의 신의 잠을 바라본 빈손의 여신 페니아는 황홀했고 더욱 가난해지지 않을 수 없었다. 페니아는 다가갔다. 그리고 포로스와 하나가 되었다. 이리하여 그 사이에서 한 생명이 탄생했으니 그가 바로 사랑의 신 에로스다.

잔디밭에 빙 둘러앉아 정겹게 대화를 나누는 학생들의 모습이라든가, 하늘을 이불 삼고 땅을 베개 삼아 누워 흐르는 구름을 바라보며 그리운 사람이라도 연상하는 듯한 남학생들의 자연 그대로의 모습을 바라보면서 나는 희랍 신화에 나오는 에로스가 태어난 배경인 올림푸스 산정을 그려 본다. 그리고 사랑의 본질에 대해 생각해 본다.

사랑에는 지혜(학문)에 대한 사랑인 필리아가 있고, 신에 대한 사랑인 아가페 그리고 남녀 간의 사랑인 에로스가 있다. 에로스란 어머니인 빈곤의 여신의 피를 받은 까닭에 항상 목마르게 무엇인가를 갈구하여 채워야만 하는 것이었으며 반면에 아버지인 풍요의 신의 피를 받은 까닭에 풍요롭고 감미로우며 항상 아름다운 것과 선한 것을 찾아다니고 그것을 용감하게 싸워 쟁취하려는 속성 또한 가지고 있었다. 그리고 에로스는 아버지의 피로 말미암아 사랑을 획득하면 충만감을 느끼게 되는 것이지만 곧 어머니의 피로 말미암아 그 사

랑을 잃어버리고 다시금 사랑을 목말라하게 된다. 그래서 사
랑을 하게 되면 한편으로는 무한한 충만감에 몸을 떨면서도
알지 못할 목마름 같은 외로움을 동시에 갖게 되는 것이리라.

　결국 에로스의 본질은 곤궁하지도 부유하지도 않은 빈곤
과 풍요 또는 지혜와 무지의 가운데서 끊임없이 향상을 꾀하
는 애지자愛智者의 모습이 아닐까 생각해 본다.

아름다운 말,
향기로운 언어

난 봉오리가 꽃잎을 터트리기 시작했다. 스치기만 해도 은
은한 난향이 느껴진다. 눈으로 들어와 마침내 코로 느껴지
는 이 맑은 향기의 기운은 하루의 기분까지 상큼하게 해 준
다. 이 세상에서 가장 좋은 자연의 향기는 난향이 아닐까 싶
다. 그러나 그러한 자연의 향기가 아무리 좋은들 인간의 내
면이나 정신적 깊이에서 우러나오는 향기를 능가하지는 못한
다. 사람에게서 우러나오는 아름다운 말이나 향기로운 언어

는 시공간을 초월하여 기억에 각인되기도 하는데 반해 자연이 주는 향기는 후각의 감미로움을 잠시 가져다줄 뿐 감동이 덜하다.

한 해의 결산인 연말에는 각 문학 단체에서도 사화집이나 동인집이 쏟아져 나오고 송년회 겸 출간기념회를 갖느라 분주하다. 내가 살고 있는 아름다운 도시, 충주에서도 이 지역 문학의 중심축이자 문학의 산실이라 할 수 있는 『충주문학』이 발간되고, 여러 동인지들이 출간의 기쁨을 안는다. 책이 나왔다는 연락을 받고 방금 출산한 책을 안고 돌아오는데 하늘에서는 눈발이 날렸다.

사랑하는 마음이 깊어지면 하늘의 별을 몇 섬이고 따올 수 있지
노래하는 마음이 깊어지면 새들이 꾸는 겨울 꿈 같은 건 신비하지도 않아
첫눈 오는 날 당산 전철역 계단 위에 서서 하늘을 바라보는 사람들
가슴속에 촛불 하나씩 켜 들고 허공 속으로 지친 발걸음 옮기는 사람들
노래하는 마음이 깊어지면 이 세상 모든 고통의 알몸들이 사과꽃 향기를 날린다네
— 곽재구 시인의 「첫눈 오는 날」 전문

'사랑하는 마음이 깊어지면 하늘의 별을 몇 섬이고 따올 수 있고, 노래하는 마음이 깊어지면 이 세상 모든 고통의 알몸들이 사과꽃 향기를 날린다'는데 구세군의 자선냄비의 종소리마저 외롭게 울려오는 때다.

말과 글은 그 사람의 인격과 교양의 척도를 드러내게 마련이다. 올 한 해, 왜곡된 말과 언어로 향기는커녕 누군가에게 슬픔의 그늘을 드리우게 하지는 않았는지, 안위에 젖어 추위에 떨고 있는 사람들의 아픔을 외면하지는 않았는지 돌아보게 된다. 올겨울에는 이웃을 향한, 세상을 향한 희망과 긍정의 노래가 강물처럼 흘렀으면 좋겠다. 반목과 시기하는 옹졸한 마음들은 사라지고 피폐해진 영혼들에게 기쁨의 샘물이 출렁였으면 좋겠다. 그래서 감사와 사랑이 깃든 아름다운 말과 향기로운 언어 속에 이 사회도 더 밝고 건강하게 빛났으면 좋겠다. 언어나 사랑이 위대한 것은 그 안에 불멸의 향기를 품고 있을 때이다.

한 그루 사과나무를 심고 싶다

언제부턴가 빗소리기가 좋아졌다. 창가로 떨어져 내리는 빗방울은 마치 창문을 열어 달라고 두드리는 것만 같다. 무언가를 향해, 누군가를 향해 두드린다는 것은 아직 꿈이 남아 있기 때문일 거라는 생각이 든다. 그러나 비 내리는 풍광을 창을 통해 바라보는 풍경은 평화로울 수 있지만 비를 맞는 바깥세상은 얼마나 치열할 것인가. 그처럼 우리도 창 안과 창밖의 경계에 서서 창 안의 안온한 삶을 지향하다가도 창밖의 부딪히면서 느끼는 열정적인 생을 꿈꾸기도 한다.

'영웅 교향곡처럼 꿈꾸고 합창 교향곡처럼 살자' 이 한 줄의 모토는 젊은 날 내게 강렬한 빛처럼 다가왔었다. 전혜린이나 루 살로메, 체 게바라 같은 결코 평범하지 않은 삶을 살다간 그들의 생애와 사랑 이야기는 알 수 없는 세계에 대한 지적 호기심을 불러일으키곤 했다.

풀벌레 소리 들려오는 가을밤이면 영혼의 깊은 샘물을 길어 올리듯 손가락이 시도록 글을 쓰던 열정과 순수가 있었다. 그런, 완전한 느낌의 순간들을 나는 사랑한다.

음악을 들으며 커피를 마실 때, 비 내린 뒤 청명한 숲속을 산책할 때, 가족이 밥상에 빙 둘러앉아 도란거리며 밥을 먹을 때, 내 글을 읽고 누군가 머나먼 길을 달려 한 통의 전화를 줄 때, 좋은 사람들과 마주 앉아 밥을 먹거나 차를 마시며 정담을 나눌 때, 저물녘 노을을 바라보다가 문득 누군가가 그리워질 때, 내면을 타고 흐르는 잔잔한 물결의 일렁임 속에 꿈의 사원 한 채 짓고 싶어진다.

행복은 크고 거창한 것 속에 깃들어 있지 않다는 것을 우리는 잘 알고 있다. 그러나 현실에 안주하는 삶 또한 우리를 맥빠지게 한다는 것도 잘 알고 있다. 세상에 대한, 인간에 대한, 내면에 대한 탐구의 에너지가 없다면 더 이상 살아가는 의미를 잃어버린 것과 마찬가지다. 그래서 우리는 이상과 현

실 사이를, 욕망과 비움 사이를, 머리와 가슴으로 느끼며 사
랑하며 사는 것인지도 모른다.

가장 흔들리는 때가
가장 감수성이 빛나는 때,
심장이 살아 있는 때지

점점 세상 보는 눈이 밝아지고
그 어떤 세상 미혹에도 끄떡없다는 듯
바위처럼 단단해져 봐라
사람의 유혹에는 끄떡없다가도
길을 걷다가
빨간 사과 한 알의 유혹에 흔들리다니!

눈에 보이지도 않는,
부서지기 쉬운,
마음을 믿느니

눈에 보이는 것에 이끌리는 나는
비로소 유물론자가 되었나!

― 졸시 「사과 한 알」 전문

그대, 아직도 아름다운 세상을 꿈꾸는가. 그렇다면 한 그루 나무를 생의 텃밭에 심을 일이다. 내일 지구의 종말이 온다 해도 오늘 한 그루 사과나무를 심겠다고 말한 스피노자의 뜻을 이제는 알 것 같다. 희망을 꿈꾼다는 것은 육신뿐만 아니라 혼과 정신을 푸르고 팽팽하게 살아 있게 하기 때문이다.

내 생의 텃밭에 나무를 심는다면 나는 한 그루 사과나무를 심고 싶다. 능소화나 배롱나무 꽃도 아름답지만 한 시절 화사히 피었다 지는 열매 없는 꽃은 말고, 봄이면 사과꽃 향기 온천지에 휘날리고 여름이면 뜨거운 태양과 비바람 속에서도 열리는 사과 열매와 그 인고의 시간 끝에 맺는 알찬 결실의 삶을 소망하기 때문이다.

화무십일홍花無十日紅

　때죽나무 꽃 핀 숲길도 걷고 대흥사 경내에 예쁜 야생화도
보고 와야지, 벼르며 산책을 나섰다. 어느새 때죽나무 꽃은
피었다 지고 잎새만 무성히 푸르러져 있었다. 꽃 보러 갔다가
꽃은 보지 못하고 숲의 싱그러움을 만끽하고 돌아오는데 연
등이 내걸린 길가에는 산철쭉 꽃잎이 분분히 떨어져 처연한
풍광을 자아내고 있었다. 화무십일홍花無十日紅이라 했던가.
꽃 피고 지는 일이 잠시라 생의 무상함을 생각하지 않을 수

가 없다.

만발하던 벚꽃이
며칠 사이
화르륵 져 버렸다

-봄도 다 갔네

슬퍼지니까
다 갔다고 말하지 마!
이제 시작이야

너도 나처럼
봄이 이대로 멈춰 버렸으면 좋겠지

쉰여덟의 봄이나
스물여덟의 봄이나

아름다움의 속성은
짧다는 거

　　　　　　　　　　　　　　— 졸시 「아쉽기는 매한가지」 전문

열흘 이상 붉은 꽃이 없다. 어디 꽃만 그런가. 권불십년權不十年이라고 권력 또한 물거품처럼 허무하기 짝이 없다. 혼탁한 이 세상 영원한 빛이 되어 주시리라 고대했던 김수환 추기경님이 선종하시고 법정 스님도 입적하셨다. 한 시대를 풍미하던 절대 권력이나 영웅도 무정한 세월 앞에 어쩌지 못한다. 화무십일홍 인생들이다.

어디 한량없는 목숨이 있나요
저는 그런 것 바라지 않아요
이승에서의 잠시 잠깐도 좋은 거예요
꽃도 피었다 지니 아름다운 것이지요.
사시사철 피어 있는 꽃이라면
누가 눈길 한번 주겠어요
무량수를 산다면
이 사랑도 지겨운 일이어요
무량수전의 눈으로 본다면
사람의 평생이란 눈 깜빡할 사이에 피었다 지는
꽃이어요, 우리도 무량수전 앞에 피었다 지는
꽃이어요, 반짝이다 지는 초저녁 별이어요
그래서 사람이 아름다운 게지요
사라지는 것들의 사랑이니
사람의 사랑은 더욱 아름다운 게지요

시인은 부석사 무량수전을 바라보며 '무량수를 사는 것은 지겨운 일, 무량수로 본다면 잠시 잠깐 왔다 가는 것이 인생이기에 아름다운 것'이라고 역설한다. 생명의 유한성이 우리를 순간순간 더 의미 있게 살게 하는지도 모른다.

'영원한 것은 없다'는 것이 '영원한 진리'임을 알면서도 영원하지 않은 것을 나는 사랑할 수가 없어 쓸쓸해질 때가 있다. 그래서 영원성을 꿈꾸면서 나만의 순정한 언어를 낳고 싶을 때가 있다. 정갈한 사유의 숲 하나 간직하며 살고 싶을 때가 있다.

꽃들의 화려한 잔치 같던 산야에 봄꽃들이 지고 나니, 주방 창가에 바이올렛이 다소곳이 고개를 내밀며 꽃봉오리를 열고 있다. 고 작은 것이 우주의 기운을 끌어당기며 생명의 신비를 느끼게 하니 바라보는 기쁨 또한 봉긋이 샘솟는다.

사랑에도
유효 기간이 있을까?

    80년 대 인기 있는 필독서 중에 에리히 프롬이 쓴 『사랑의 기술』이라는 책이 있다. 정신 분석학자이면서 심리학자인 에 리히 프롬의 사랑에 대한 생각을 잘 알 수 있는 이 책은 1956 년에 출간되어 34개 언어로 번역되었다. 우리 시대의 대표적 스테디셀러이자 현대의 고전으로 전 세계적인 대중적 인기 를 얻은 책이다. 스무 살 내게도 지적 탐구심으로 밑줄을 그 어 가며 읽었던 기억과 주위에 권장하던 책 중의 하나이다.

첫 장을 열면 파라켈수스의 어록에 밑줄을 치게 된다.

아무것도 모르는 자는 아무것도 사랑하지 못한다.
아무 일도 할 수 없는 자는 아무것도 이해하지 못한다.
아무것도 이해하지 못하는 자는 무가치하다.
그러나 이해하는 자는 또한 사랑하고 주목하고 파악한다.

한 사물에 대한 고유한 지식이 많으면 많을수록
사랑은 더욱더 위대하다.

모든 열매가 딸기와 동시에 익는다고 상상하는 자는
포도에 대해 아무것도 모른다.

에리히 프롬은 이 책에서 사랑은 기술인가? 기술이라면 사랑에는 지식과 노력이 요구된다. 혹은 사랑은 우연한 기회에 경험하게 되는 다시 말하면 행운만 있으면 누구나 겪게 되는 즐거운 감정인가? 질문을 던진다. 그에 따르면 사랑은 기술이라고 하는 견해를 전제로 하고 있는데 그럼 사랑에도 유효기간이 있을까?

현대 과학은 사랑이란 호르몬 분비 결과 일어나는 '화학작용(chemical action)'으로 보고 있다. 이 호르몬이 계속 분비되면 대뇌에 항체가 생성되고 점차 화학물질이 생성되지 않는다고 한다. 그래서 사랑의 유효기간은 18개월에서 길면 3년 정도라고 한다.

남녀 간의 사랑의 단계는 서로 '이끌림'으로 시작해서 '빠져듦', '애착' 세 단계로 진행된다. 두 사람 간의 장벽이 무너지고 서로 친밀감을 갖지만 천상을 향하는 어떤 정신적인 결합이 없고서는 곧 서로가 고갈되어 파괴하고자 하는 욕망이 싹튼다고 한다.

"만일 내가 참으로 한 사람을 사랑한다면, 나는 모든 사람을 사랑하고 세계를 사랑하고 삶을 사랑하게 된다. 만일 내가 어떤 사람에게 '나는 당신을 사랑한다'고 말할 수 있다면, '나는 당신을 통해 모든 사람을 사랑하고, 당신을 통해 세계를 사랑하고, 당신을 통해 나 자신도 사랑한다'고 말할 수 있어야 한다."

아가페적인 사랑 즉 신에 대한 사랑을 할 수 있는 사람만이 그리고 자기 자신의 삶을 사랑하는 사람만이 진정한 에로스적인 사랑을 할 수 있다. 만약 사랑이 감정일 뿐이라면 영원히 서로 사랑할 것을 약속할 기반은 없는 것이다. 누군가를 사랑한다는 것은 단순히 강렬한 감정만이 아니라 서로 간의 결의이고 판단이고 약속이기 때문이다. 에리히 프롬의 사랑관은 그래서 숭고하기까지 하다.

중앙탑 공원에

남녀가 마주 보고 있는 조각상이 있다

그런데 이상한 것은

남녀의 가슴이 모두 뻥 뚫려 있다는 것이다

저렇게 가슴이 뻥 뚫릴 정도의

극한의 경지에 다다라야

진정 사랑이라 할 수 있는 건지

작품 제목에는

또렷하게

'온유한 사랑'이라 적혀 있었다

— 졸시 「온유한 사랑」 전문

이 세상에 변하지 않는 것은 없다. 영원한 것은 없다는 것
이 영원한 진리다. 현재의 사랑을 지켜 나가고자 하는 서로
의 노력과 약속과 서로에 대한 책임이기 때문에 오늘날 많은
가정들이 보금자리를 지켜 가는 이유일 것이다.

당신의 화양연화는 언제입니까?
— 동백과 화양연화

　　코로나 19라는 바이러스가 창궐하면서 마스크가 필수품
이 되어 버린 세상이다. 그럼에도 불구하고 관아갤러리에서
는 전시회가 연일 열리고 있었다. 함께 동행한 지인의 이끌림
에 들어간 곳은 「화양연화 부부전」이라는 젊은 예술가 부부
의 전시회였다. 이 어려운 시기와 '화양연화'라는 주제가 역설
적이게도 거름 더미에 피어난 한 송이 꽃처럼 희망으로 다가
오는 순간이었다.

'화양연화' 하면 제일 먼저 떠오르는 게 2000년에 개봉된 왕가위 감독이 연출한 양조위, 장만옥 주연의 영화가 아닐까 싶다. 꽃 화花 모양 양樣 해 년年 빛날 화華, 꽃이 피어나듯이 인생의 가장 아름답고 빛나는 시간을 의미한다.

이 영화는 가정이 있는 남녀의 이룰 수 없는 불륜을 소재로 하고 있지만 도덕적 자정 의식은 아이러니하게도 이 영화가 선사하는 아름다운 이미지로 귀결된다. 치파오를 입은 장만옥의 절제된 모습과 「Yumeji's Theme」테마곡은 영원히 잊혀지지 않은 울림으로 각인되어 있으니 말이다.

동백은 피어 있을 때 모습보다도 통째로 떨어져 누운 모습이 더 처연한 아름다움을 느끼게 한다. 많은 사람들이 또는 사진가들이 낙화한 동백의 모습을 담고자 여행지로 떠나는 이유이기도 하다.

영화 속 화양연화의 주인공 그들에겐 이룰 수 없는 미완성의 사랑이지만, 떨어져 누운 붉은 동백의 심장 같은, 살아 있어 가장 강렬하고 아름다운 시간으로 각인되어 있으리라.

나는 저 가혹한 확신 주의자가 두렵다

가장 눈부신 순간에

스스로 목을 꺾는

동백꽃을 보라

지상의 어떤 꽃도

그의 아름다움 속에다

저토록 분명한 순간의 소멸을

함께 꽃피우지는 않았다

모든 언어를 버리고

오직 붉은 감탄사 하나로

허공에 한 획을 긋는

단호한 참수

나는 차마 발을 내딛지 못하겠다

전존재로 내지르는

피 묻은 외마디의 시 앞에서

나는 점자를 더듬듯이

절망처럼

난해한 생의 음표를 더듬고 있다

— 문정희 시인의 「동백꽃」 전문

세한도를 보며 벗을 생각한다

북풍한설 몰아칠 때, 추사 김정희의 세한도를 보고 있노라면 오롯이 떠오르는 한 편의 시가 있다. 함석헌 선생의 「그대 그런 사람을 가졌는가」이다.

황량한 겨울 들판에 외로운 집 한 채, 푸르름을 잊지 않는 소나무와 잣나무 네 그루 그리고 여백에는 '추운 겨울이 되어야 비로소 소나무와 잣나무가 그대로 푸르름을 알게 된다'는 논어의 한 구절을 인용한다. 세한도 밑에 찍힌 인장의 글

씨에는 장무상망이라는 글귀를 새겨 넣는다. 장무상망張毋相忘!, '오래도록 서로 잊지 말자'라는 뜻이다.

추사 김정희 선생 주변에 있던 많은 사람이 떠나가고 부인 예안 이씨마저 세상을 떠난다. 한양의 친구들도 점차 소식이 끊어진다. 이때 그에게는 통역관이던 제자 이상적만이 의리를 저버리지 않고 중국에 갈 때마다 최신 서적을 구해서 보내오고 청나라의 최신 학문과 동향을 전해 주곤 한다. 김정희는 변치 않는 그의 마음을 푸르른 소나무에 비유해서 가장 추운 날에 그린다. 영원할 것만 같았던 그의 시대가 저물고 대역 죄인으로 몰려 위리안치형의 형벌을 받고 있던 제주 유배지에서의 추사의 심경이 세한도에 잘 나타나 있다.

내게도 이상적 못지않은 벗이 하나 있다. 갈래머리 여고 시절부터 함께했으니 햇수로 벌써 43년의 우정이다. 이십 대 때 이 친구가 나보다 먼저 결혼할 남자가 생겼었다. 친구는 끼고 있던 반지를 내게 건네줬다. 언젠가는 큰 상자가 택배로 배달됐다. 이 큰 상자 안에 뭐가 들었을까 열어 보니 세계 3대 도자기 명품이라는 찻잔 세트가 신문지에 싸여 켜켜이 담겨 있었다. 친구는 학교를 명퇴하고 삶의 무게를 도자기 그릇과 찻잔 모으는 재미로 견뎠다고 했다.

80년대 초 유안진 시인의 「지란지교를 꿈꾸며」 에세이를 코팅해서 서로 주고받는 것이 유행이기도 했는데 벌써 우리도 이순의 나이에 이르렀다. 지난해 우리 가족은 친구 아들의 작은 결혼식에 참석하기 위해 한 달 전부터 시간을 비워두고 설레는 맘으로 기다렸다. 그날은 부조하듯 날씨도 참 좋아서 온 가족이 함께 가서 축하해 줄 수 있는 친구가 있다는 것에 감사했고, 마치 친구 덕에 가족 여행을 떠나는 것만 같았다. 작은 결혼식이 열리는 정원에 도착했을 때는 깊어 가는 가을 정취로 가득해서 환호성이 절로 터져 나왔다.

  진정한 벗을 의미하는 고사성어도 참 많다. 물고기와 물의 관계처럼 떼려야 뗄 수 없는 수어지교水魚之交, 서로 거역하지 않는 막역지우莫逆之友, 금이나 난초와 같이 귀하고 향기로움을 뜻하는 금란지교金蘭之交, 관중과 포숙의 사귐과 같은 관포지교管鮑之交, 어릴 때부터 대나무말을 같이 타고 놀며 같이 자란 죽마고우竹馬故友, 향기로운 난초 같은 지란지교芝蘭之交가 있는가 하면 추사 김정희와 역관 이상적 같은 스승과 제자와의 우정도 있다.

  이해타산에 따라 움직이는 요즘 세태에 자주 연락하고 자주 만나지 못해도 변치 않는 푸른 소나무 한 그루 가슴속에 살아 있는 것만 같다. 그런 친구가 있다는 상징적 의미만으로도 내겐 더할 나위 없는 축복이자 든든한 자산이 아닐 수 없다.

숲

   '숲'이라는 단어를 나는 좋아한다. 숲! 한번 발음해 보라. 뭔가 초록빛의 청아한 향내가 퍼득퍼득 살아 오르는 느낌, 계절마다 제각각의 운치로 우리를 불러들이는 숲, 그 숲에 가면 평화로움이 있다. 서로 상응하는 조화가 있다. 세상 모든 시름 내려놓고 고요히 젖어 드는 묵상이 있다. 다양한 나무와 꽃과 바람이 어우러져 초록의 향기를 뿜어내고 있다. 그래서 숲에 가기를 나는 좋아한다.

진달래가 만발해 있는 봄 숲도 좋아하고, 신록의 무성함이 우거진 여름 숲도 좋아하고, 정염을 토해 내듯 붉게 물들어 가는 가을 숲도 나는 좋아한다. 또 한 잎 마지막 잎새마저도 흙으로 돌려보내고 훌훌 가벼워져 있는 나목들이 있는 겨울 숲에 들어설 때면 옷깃을 여미게 하는 쨍한 추위 속 그 맑은 정신과 투명한 정기가 느껴지는 겨울 숲도 나는 좋아한다.

월악산 가까이에 있는 주흘산이라는 곳을 갔을 때의 기억을 나는 특히 잊을 수가 없다. 때는 오월인지라 연초록의 나뭇잎들 사이로 금빛 햇살이 쏟아져 내리고 있었다. 계곡을 따라 흐르는 맑은 물과 여기저기서 사랑의 암호를 대듯 지저귀는 산새 소리 그리고 하얗게 피어난 산목련을 보면서 너무도 아름다워 황홀한 정경에 힘든 것도 모른 채 산을 오르던 기억이 지금도 오롯이 살아 있다. 그래서 '숲' 하면 나무와 꽃과 새소리와 계곡의 물소리가 한데 어우러져 조화와 평화의 극치를 이루고 있는 곳이라 연상된다. 말없이 숲은 우리 인간들에게 참다운 삶의 방법을 일깨워 주는 듯하다.

숲에 서 보라. 거기에는 온갖 크고 작은 나무들이 자라나고 있고 새들이 날아와 우짖고 꽃들은 화들짝 응답한다. 계곡의 물소리는 청랑하게 흐르고, 지나는 바람도 나무 잎새를 흔들어 그들의 존재를 알린다.

그들은 불신과 시기가 없다. 반목과 질시도 없다. 그들은 하나하나 존재하면서도 결코 자기가 잘났다고 뽐냄이 없이 조화와 포용으로 하나의 숲을 형성한다. 그 숲은 초록빛 향기를 발해서 우리 인간을 편히 쉬어 가게 하는 휴식 같은 그늘을 만들어 준다. 이러한 숲이 일깨워 주는 참다운 조화의 삶이 그저 아름답기만 할 뿐이다. 믿음과 화합으로 어우러진 우리 인간의 아름다운 숲을 나는 오늘도 꿈꾸어 본다.

　그 숲은
모든 이의 가슴속에 이상처럼 살아 있었다

　작은 나무는 흔들리면서
꿈을 보듬을 줄 알았고
사랑하는 법을 배우게 되었고
흔들리면서 더 큰 나무로 자라나는
그 은밀한 비밀의 향기에 취해
흔들리면 흔들릴수록
더 깊이 내리는 뿌리를 사랑하였다

　나무들은 서로 포용하면서
초록빛 향기를 내뿜었다
그 향기에 꽃들은 화들짝 응답하고

새들은 날아와 우짖고
청량한 계곡의 물소리, 지나는 바람도
그 숲과 어우러져 하나가 되었다

이처럼 놀라운 숲의 음향을
영혼을 가진 아름다운 사람들은 또한
가을 햇살처럼 누릴 수 있었고
그 숲은 사람들에게 조화를 통한
참다운 삶의 방법을 일러 주곤 하였다
나무와 꽃과 새소리와 그리고 바람의
깊고 뜨거운 포옹으로 이뤄진
숲은 아름답고 그 숲은
모든 이의 가슴속에 이상처럼 살아 있었다

— 졸시 「숲」 전문

아름다워라,
그대 생의 오체투지

　한없이 느릿느릿 기어가는 달팽이 한 마리도 실은 혼신을 다해 기어가고 있는 것입니다. 새들도 수만 번의 날갯짓으로 허공을 가르며 납니다. 벌은 1kg의 꿀을 얻기 위해 560만 송이의 꽃을 찾아다닌다고 합니다. 태양도 달도 하루의 제 일과를 말없이 해냅니다. 저마다 오체투지로 굴러가고 있는 게 느껴집니다.

세상을 후끈 달구던 선거도 끝났습니다. 밤새 TV로 생중계된 개표 결과는 바라보는 유권자 입장에서는 그것처럼 흥미진진할 일도 없을 것이지만, 후보자들에게는 천당과 지옥을 오고 가는 피 말리는 시간이었을 것입니다.

최선을 다한 후에 하늘의 뜻을 기다리는 '진인사대천명盡人事待天命'의 자세와 하늘의 운때가 맞아야 뜻하는 모든 것이 이루어지지 않을까 싶습니다. 이번 선거 결과를 지켜보면서 느낄 수 있었던 것은 물질문명이 고도로 기계화될수록 인심은 점점 각박해지고, 인심이 각박해질수록 사람들은 점점 감성이나 정의 문화에 감동을 받고 마음이 움직인다는 사실입니다.

인식에도 많은 변화가 있어 낮은 곳으로 흐르는 물의 순리처럼 이성보다는 감성이 이긴다는 사실 앞에 한없이 겸허해질 수밖에 없습니다. '민심'은 '천심'이라 그 위력은 숨어 있던 복병처럼 빛을 발해서 오만과 독선을 아주 싫어한다는 것입니다.

또 한 가지, 불광불급不狂不及이란 말을 다시금 생각하게 합니다. '미치지 않으면 이르지 못한다' '미쳐야(狂) 미친다(及)' 또는 '미치지 않으면 최고의 경지에 다다를 수 없다' 뭐 이런 뜻일 텐데요. 어느 분야에서나 풍부한 경험과 확고한 전문성 그리고 능력과 열정은 21세기의 생존 코드가 아닐까 싶습니다.

꿈, 사랑, 열정, 성실로 똘똘 뭉친 오체투지의 생 앞에는 그 어떤 시련이나 장애도 굴복하고 마는 것일까요. 부정보다는 긍정, 비판보다는 칭찬하기, 화내기보다는 미소 짓기, 반목과 질시의 말보다는 감사와 축복의 말을 하고 싶습니다. 힘들 때 함께하는 이들에게 고맙다고, 가장 곱고 아름다운 장미 한 다발 고단한 그대 가슴에 안겨 주고 싶습니다.

4부

『어린 왕자』에 나타난
'길들임'의 의미

내가 그의 이름을 불러 주기 전에는

그는 다만

하나의 몸짓에 지나지 않았다

내가 그의 이름을 불러 주었을 때

그는 나에게로 와서

꽃이 되었다

내가 그의 이름을 불러 준 것처럼

나의 이 빛깔과 향기에 알맞는

누가 나의 이름을 불러 다오

그에게로 가서 나도

그의 꽃이 되고 싶다

우리들은 모두

무엇이 되고 싶다

너는 나에게 나는 너에게

잊혀지지 않는 하나의 눈짓이 되고 싶다

— 김춘수 시인의 「꽃」 전문

　'꽃'이라는 이 시는 많은 이들의 애송시 중 한 편이다. 꽃을 소재로 사물과 의미 사이의 관계를 노래한 작품으로서 다분히 철학적이고 관념적인 내용을 깔고 있다. 서로의 이름을 불러 줌으로써 이루어지는 길들임의 의미가 그 속에 고도의 메타포로 표현되어 있어서 저마다의 가슴에 더 큰 울림으로 가닿는 것인지도 모른다. 일생 자신의 빛깔과 향기에 알맞은 사람을 만난다는 것은 행운이자 축복이 아닐 수 없다.

　이 시를 읽다 보면 생텍쥐페리의 『어린 왕자』에 나오는 '길들임'의 의미가 연상된다. 어린 왕자가 풀밭에 엎드려 울고 있을 때 여우가 나타난다. 여우와 어린 왕자는 서로 인사를 나누고 어린 왕자는 여우에게 친구가 되자고 한다.

그러나 여우는 너랑은 길들여져 있지 않기 때문에 함께 놀 수가 없다고 말한다. 어린 왕자는 '길들인다'는 게 무슨 뜻이지? 하고 묻는다. 여우는 '길들인다'는 것은 '관계를 맺는 것'이라고 얘기해 준다.

그리고 어린 왕자에게 넌 아직까지 나한테 수많은 다른 꼬마들과 똑같은 꼬마에 지나지 않는다고, 그러나 네가 만일 나를 길들인다면 우리는 서로를 필요로 하게 된다고, 나한테는 네가 세상에 하나밖에 없는 존재가 될 것이고, 너한테는 내가 세상에 하나밖에 없는 존재가 될 것이라고 말해 준다. 서로가 서로를 길들임으로 해서 서로에게 의미 있는 존재가 된다는 것을 일깨워 준다.

그러나 어린 왕자와 여우는 서로를 길들였지만 이별의 시간이 온다. 여우는 이별의 순간에 어린 왕자에게 생의 아름다운 비밀을 말해 준다. "가장 중요한 본질적인 것은 눈에는 보이지 않아, 마음으로 보아야 해! 그리고 영원히 네가 길들인 것에 책임을 져야 해"

어린 왕자는 그동안 자신이 진정으로 길들인 것이 뜨거운 햇빛을 가려 주는 고깔을 씌워 주기도 하고, 물을 주기도 하고, 또 벌레를 잡아 주기도 한 장미임을 깨닫는다. 그리고 자

신이 길들인 자신의 장미에 책임을 져야한다고 잊지 않으려
고 되새긴다.

　삶의 본질 그 아름다운 비밀까지 일러 주는 어린 왕자를
읽으면서 나는 '꽃'이라는 시를 떠올리고 '꽃'이라는 시를 읽으
면서 또한 어린 왕자를 생각한다. 어린 왕자처럼 맑고 순수한
사람들만이 이 세상에 살아간다면 이 세상은 어떤 모습일까
를 생각한다.

이름과 아호 이야기

지역에서 문학 기행을 떠나는 버스에서였다. 그때만 해도 나는 삼십 대 젊은 나이라 함께 떠나는 분들이 대부분 윗세 대였고 주로 수필을 쓰시는 선생님들이 많았다. 그런 연유인 지 숙자, 애자, 덕자, 길자, 영자…… '자' 자로 끝나는 이름들이 많았다. 누군가 우스갯소리로 "자기 이름에 '자' 자가 들어가 지 않은 사람은 이 버스에서 내려!" 하고 농담을 던질 정도였다.

평소 희망 사항이지만 나의 콘셉트가 있다면 지적이고 우아하면서도 약간의 섹시미를 겸비하는 것인데 나를 포장하기도 전에 이름이 먼저 나를 박살 내고야 만다. 얼마 전에는 어느 작가 선생의 출간기념회 자리에서 만난 J선생께서 그러시는 거였다. "이름과 이미지 매치가 안 된다"라고. 그래도 나의 콘셉트가 성공했구나! 안도했지만, 아버지 살아생전, 이쁜 이름 놔두고 정자가 뭐냐고 했더니 오 남매 '정' 자 돌림이고 쉬어 갈 수 있는 정자가 얼마나 좋으냐고 말씀하셨다. 진작에 개명할까 생각도 해 보았지만 일류 시인도 못 되는 나를 누가 알아보기라도 할까, 얼마나 정감 있는 이름이냐고, 이제는 한 술 더 떠 보기도 한다.

대학 시절, 은사님이면서 시인이셨던 다른 과 교수님께서 방학 때 우편으로 시집을 보내오셨다. 시집을 펼치자, 아호를 지어 보낸다는 말씀과 함께 아호의 뜻말이 적혀 있었다.

봉우리 아峨 난새 난鸞, 아란은 높은 산에 사는 상서로운 선경의 새를 뜻한다고 했다.

교양 과목이라 수업 시간에 뵙고 단짝이던 미희 언니와 함께 교수님 댁에 한 번 찾아뵌 기억뿐 지극히 형식적인 만남이었던지라 의외의 선물에 놀랐고 기뻤다.

그러나 나의 게으름과, 막연히 시인의 길을 걷게 된다면 좀 더 의미 있는 만남이 있는 분이 아호를 애틋이 지어 주면 참 좋겠다는 바람을 품고 있었던지라 덮어 두고 있었는데 세월이 흘러 웹상 본명을 밝히기는 쑥스럽고 해서 아란을 쓰기 시작했다. 교수님께는 감사하기도 하고 찾아뵙지 못해 죄송스러운 마음이었는데 지금은 하늘나라에 계시다니, 철들어 찾아뵐라치면 이미 때는 늦다.

그러던 터에 아호가 크면 그 아호를 넘어서기가 어렵고, 사람도 크지 못한다는 얘기를 우연히 듣게 되었다. 나는 그동안 왜 그토록 무겁고 큰 것을 좋아했을까. 야생화도 참 예쁘지만 그래도 단연 꽃 중에 장미를 가장 좋아한다. 요즘 연보랏빛 벌개미취 꽃잎에 사뿐히 내려앉은 물방울이나 잠자리 풍경도 참 예쁘다. 이제 좀 가벼워지고 싶다. 작은 잎사귀 같은 소엽이나 맑은 물이 흐르는 시내 같은 이름이 예쁘게 다가오는 연유다.

아호가 크면 그 아호를 넘어서기가 어렵고, 사람도 크지 못한다는 애
기를 우연히 듣게 되었다. 나는 그동안 왜 그토록 무겁고 큰 것을 좋아
했을까.

준비하는 삶
그리고 아름다운 성취

    신문을 들척이다가 '당신의 라이프 워크 Life's work은 무엇입니까?'라는 제목이 눈에 들어왔다. 라이프 워크 Llife's work란 자기가 좋아하는 것을 자신의 방식대로 일생을 걸고 좇는일이다. 누군가는 문학이나 음악, 사진, 그림 같은 예술로, 또누군가는 학문으로, 누군가는 식물이나 곤충 연구로, 자기다움을 드러내며 행복을 찾는 일인데, 자신의 라이프 워크를 되도록이면 일찍 발견해서 성취하며 사는 사람이 행복한 삶의 주인이겠다는 생각이 들었다.

언젠가 TV에서 리처드 클레이더만의 피아노 연주 장면이 방영되고 있었다. 그의 긴 손가락과 TV 화면을 뚫고 나올 듯 범람하는 매혹의 선율은 감동이었다. 무엇보다 부러움을 샀던 것은 자신이 미치도록 좋아서 하는 일이 결국 자신의 본업이 되고, 또한 만인의 심금을 울릴 수 있는 피아니스트라는 사실이다.

그 분야에서 최고의 경지에 오르기까지 보이지 않는 피나는 노력과 고통의 날도 없지 않았을 것이다. 그의 음악 세계와 거기에 따르는 부와 명예보다도 자신이 하고 싶은 일을 성취하면서 산다는 것은 얼마나 복받은 인생인가. 먹고살기 위해 적성과는 무관한 일을 하며 사는 사람은 또 얼마나 많은 현실인가.

우리 인간 삶의 발달 과정을 유아기, 청년기, 중년기, 노년기로 본다면 인간의 삶은 우주 공간의 한 유기체로서 정신과 육체의 건강, 하는 일, 가정의 행복, 인간관계 속에서의 평화를 추구하며 서로 융화하고 조화하고자 노력하는 가운데 이루어진다. 인간 삶의 어느 시기인들 중요하고 소중하지 않을까마는 그래도 삶의 가장 밑바탕이자 기초가 되는 청년기가 탄탄히 이루어져야 안정된 중년기를 거쳐 평화로운 노년의 삶이 보장된다고 할 수 있을 것이다.

그런 의미에서 전문적인 프로의 세계에는 못 미치더라도 요즘 주위를 둘러보면 5년 후 또는 10년 후의 자신의 모습을 그려 보며 준비하는 사람들의 모습을 많이 볼 수 있다. 돈만 있다고 노후 대책이 해결되는 시대는 지났다. 건강과 돈 그리고 즐기면서 할 수 있는 일과 취미 생활이 함께할 때 행복한 노후가 보장된다.

늘 준비하고 대비하며 사는 사람은 언젠가 나름대로의 성취를 이룬다. 내적인 성숙과 외적인 성장이 조화롭게 함께하는 사람의 모습은 나이가 들어도 삶에 대한 순수한 열정이 느껴져서 좋다. 자신의 라이프 워크를 통한 생에 대한 믿음과 인간적 신뢰를 갖출 때 삶의 질은 한 차원 더 높아지고 풍요로울 수밖에 없을 것이다.

개다래나무의 생존 전략

　숲속을 산책하다 보면 푸른 잎새 사이로 언뜻언뜻 허옇게 변색해서 마치 꽃처럼 보이는 개다래나무를 만나게 된다. 이 개다래나무는 숲과 계곡 주위에서 흔히 볼 수 있는 덩굴성 식물이다. 식물 앞에 '참'이 붙느냐, '개'가 붙느냐에 따라 진짜와 가짜를 구분하는 기준이 되기도 하는데 이는 인간의 관점으로 붙여진 것임을 알 수 있다.

개다래나무의 하얀 꽃은 땅 쪽 아래를 향해 피어 있고 꽃
도 크지 않고 작아서 잎새에 가려져 잘 보이지가 않는다. 벌
나비가 찾아오기 어려운 특성을 가지고 있다. 이렇게 되자 개
다래나무는 종족 보존을 위해 수정을 해야 하는데 그 방법
으로 잎을 꽃처럼 하얗게 변색을 한다.

무채색인 흰색은 곤충들이 감지를 잘하는 색이다. 봄에 흰
색 꽃이 많은 것도 곤충들의 눈에 잘 띄기 위한 식물들의 전
략이다. 잎을 꽃으로 위장하여 벌 나비를 불러 모으는 개다
래나무의 생존 전략이 기막히다. 어디 그뿐인가.

개다래 열매를 충영이라 한다. 벌레집인 충영은 숲속의 보
물이라 할 만큼 통풍에 효과가 뛰어난 약재다. 그래서 약초
꾼들에게 인기가 많다고 한다.

개다래나무의 꽃은 풀잠자리를 유인하는 성분이 있어서
풀잠자리가 날아와 꽃에 알을 낳는다. 꽃이 수정한 후 열매
가 될 때 풀잠자리 알은 열매 속에 갇히게 되고 알에서 깨어
난 유충은 개다래 즙을 빨아 먹으면서 성장을 하게 된다. 열
매가 울퉁불퉁한 기형이 되는데 이것이 개다래 열매인 충영
이라고 하니 자연의 섭리가 경이롭다.

아는 만큼 보이고 보이는 만큼 관찰하게 되는 자연 생태계 식물들의 사생활이 이렇게 재미있을 줄은 몰랐다.

고독이란 가을 병

맑고 푸르른 하늘, 선선한 바람, 밤이면 들려오는 풀벌레 소리에 하얀 종이와 펜을 준비하는 계절, 모든 거추장스러운 의식을 훌훌 털어 버리고 어디론가 여행을 떠나고 싶고, 검은 빛깔의 옷을 꺼내 입고 싶고, 깊고 신선한 영혼을 소유한 생활 속의 누군가를 만나고 싶은

그래서 가을처럼 그윽한 사랑을 하고 싶은, 나의 스무 살 가을은 이렇게 찾아왔었다. 가을이면 알 수 없는 고독감에

일종의 가을 병을 누구나 조금씩은 앓는 것 같다.

먼 산 가까워지고 산구절초 피었습니다
지상의 꽃 피우던 나무는 제 열매를 맺는데
맺을 것 없는 사랑은 속절없습니다

가을 햇살은 단풍을 물들이고 단풍은 사람을 물들이는데
무엇 하나 붉게 물들여 보지도 못한 생이 저물어 갑니다

쓸쓸하고 또 쓸쓸하여
찻물을 올려놓고 먼산바라기를 합니다

그대도 잘 있느냐고
이 가을 잘 견디고 있느냐고
구절초 꽃잎에 부치지 못할 마음의 엽서 다시 씁니다

— 졸시 「구절초 엽서」 전문

내가 고등학교 다니던 어느 겨울 방학 때 아버지께서는 누
렇게 바랜 책 한 권을 당신의 비밀 장에서 꺼내시더니 읽어
보라고 하셨다. 『명심보감』이었다. 여자가 갖춰야 할 미덕들
이 담겨 있었다. 그러한 유교적 관념이 암암리에 나의 의식을
지배하게 되었고, 그래도 다행인 것은 건강한 정신으로 반듯

143

하게 살아갈 수 있는 힘의 원천이 되었지 않나 싶다.

모든 예술은 고독 속에서 잉태된다고 한다. 예술가들에게 있어 고독은 하나의 자양분인 것 같다. 달빛에 젖은 하얀 박꽃이 피어난 가을밤이면 홀로 있어도 조금도 외롭지 않은 충만한 고독 속에 선혈을 뚝 뚝 떨구듯 열정적으로 글을 쓰고 싶은 밤이 있었다. 여름내 외출에서 돌아온 영혼의 깊은 샘을 푸고 싶을 때가 있었다.

시대의 흐름에 따라 지금은 노트북과 읽고 싶은 책, 마실 수 있는 커피나 차가 있다면 거기에 듣고 싶은 음악이 있다면 어디서든 마음의 궁전이다. 한때는 손가락이 시도록 글을 쓰던 스무 살의 열정과 순수를 다시 소유하고 싶을 때가 있긴 했지만 지금 이대로도 충분하다. 영혼에 고여 있는 알 수 없는 목마름이 가을이면 하나의 병처럼 찾아들어 앓게 되는 고독孤獨이라는 가을 병을 미적 감동을 주는 그 어떤 것으로 승화시킬 수 있다면 더할 바람이 없겠다.

긍정 에너지의 사람이 될 것인가,
부정 에너지의 사람이 될 것인가

사회생활을 하다 보면 다양한 의식 구조를 가진 사람들과 만나게 된다. 서로 멘토 역할을 해 주면서 함께 성장해 갈 수 있는 사람을 만난다는 건 행운이고 축복이다.

그 사람이 많이 배우고 덜 배우고를 떠나 결국은 자신에게 긍정의 영향을 끼치느냐 아니면 부정적 영향을 끼치느냐에 따라 가까이할 것인가, 거리를 둘 것인가를 판가름하게 된다.

내가 누군가에게 격려와 칭찬으로 긍정의 사람이 될 것인가 아니면 편협된 소견이나 시기심 또는 열등의식으로 말미암아 부정 에너지를 주는 기피 대상이 될 것인가? 모든 것은 자신의 선택에 달려 있다.

정신 건강은 복잡한 현대사회를 살아가는 데 필수 조건이다. 정신이 건강해야 사랑도 얻고 행복도 얻고 인생도 성공을 거둔다.

여기에 보건복지부 대한신경정신의학회의 정신 건강을 지켜 줄 10가지 수칙 사항이 있어 실행해 보면 어떨까 하는 차원에서 소개해 본다.

1. 긍정적으로 세상을 본다.

(동전엔 양면이 있다는 사실을 믿게 된다.)

2. 감사하는 마음으로 산다.

(생활에 활력이 된다.)

3. 반갑게 마음에 담긴 인사를 한다.

(내 마음이 따뜻해지고 성공의 바탕이 된다.)

4. 하루 세끼 맛있게 천천히 먹는다.

(건강의 기본이요 즐거움의 샘이다.)

5. 상대의 입장에서 생각해 본다.

(핏대를 올릴 일이 없어진다.)

6. 누구라도 칭찬한다.

(칭찬하는 만큼 내게 자신이 생기고 결국 그 칭찬은 내게 돌아온다.)

7. 약속 시간엔 먼저 가서 여유 있게 기다린다.

(오금이 달지 않아 좋고 신용이 쌓인다.)

8. 일부러라도 웃는 표정을 짓는다.

(웃는 표정만으로도 기분이 밝아진다.)

9. 원칙대로 정직하게 산다.

(거짓말을 하면 죄책감 때문에 불안해지기 쉽다.)

10. 때로는 손해 볼 줄도 알아야 한다.

(당장 내 속이 편하고 언젠가는 큰 것으로 돌아온다.)

연초록 나무 같은 아이들에게

연초록 나무 잎새가 햇살에 반짝이는 오월의 대지는 아름답습니다. 특히 비 내리고 난 뒤 청명한 숲속은 풋풋한 소녀들의 미소처럼 싱그럽습니다. 희망에도 빛깔이 있다면 이런 연둣빛이 아닐까 싶습니다. 오늘은 여고생들과 마주하는 특강이 있는 날입니다.

인생이라는 긴 여정, 출항의 꿈을 가진 여학생들에게 꼭 들려주어야 할 이야기가 뭘까 고민하다가 엄마가 자라나는 딸에게 주는 이야기를 하고 싶었습니다. 특강 제목을 '비전 있는 내일을 위하여'로 잡고 앞으로 인지하고 실천해 갔으면 하는 몇 가지를 들려주기로 했습니다.

'참나무의 작은 씨앗 하나를 쪼개 열었을 때 그 안에는 우리가 주목할 가치가 아무것도 없어 보입니다. 그러나 그 씨앗의 미세한 배 안에는 커다란 참나무가 담겨 있습니다.' 비전이란 바로 이런 것입니다. '비전 있다'라는 말은 무한한 가능성이나 희망을 뜻합니다. 땅에 떨어진 작은 씨앗 하나가 거목으로 성장할 수 있는 것처럼 여러분은 무한한 가능성을 지녔습니다.

그럼 비전 있는 미래를 위하여 지금 이 시점에서 꼭 되짚어봐야 할 것이 있다면 첫째가 5년 후 또는 10년 후의 자신의 모습을 그려 보라는 것입니다. 그때 후회 없는 자신의 모습을 상상하고 지금부터 준비하는 하루하루가 되어야 할 것입니다.
두 번째는 구체적인 목표를 설정하고 꿈의 씨앗을 뿌리는 것입니다. 꿈과 비전은 동행합니다. 희망하는 대학이나 학과 선택 그리고 앞으로의 진로 방향을 정하고 그 꿈을 달성하기 위해 매진해야 합니다.

현대는 정보화 시대입니다. 다양성과 개인의 창의력이 중시되는 세상입니다. 자신이 정말로 하고 싶은 일이 무엇인지 진지하게 생각해 볼 필요가 있습니다. 목표나 꿈도 없이 막연히 뭔가 되겠지 하고 나아가다 보면 길을 잃고 헤매기 쉽습니다. 힘들지만 노력하는 과정의 시기입니다. 지금부터 꿈을 갖고 그 꿈의 실현을 위해 한 발 한 발 앞으로 내딛는 학생은 먼 훗날 자신이 원하는 직종의 전문가로서 자리매김하고 있는 자신을 발견하게 될 것입니다.

세 번째는 '매력 있는 여성으로서의 자신을 가꾸라'고 말하고 싶습니다. 우리나라 역사 인물 중에 나는 신사임당과 황진이를 좋아합니다. 신사임당은 가족 중심의 농경 사회에서 요구하던 현모양처로서도 성공한 캐릭터지만 현대사회가 요구하는 개인의 재능을 그림으로 성취한 여성입니다. 황진이는 비록 기생이었지만 자유혼을 지닌 여성이었습니다.

자유혼이란 감성을 요하는 창의력과도 일맥상통한다고 볼 수 있습니다. 지성과 감성의 절충은 사람뿐만 아니라 최고의 예술 작품을 낳기도 합니다. 아름다운 모습에 아름다운 내면을 갖추도록 틈틈이 좋은 책을 읽고 음악도 듣고 사색을 즐기기를 바랍니다. 형식 못지않은 내용을 갖춘 사람은 풍요로운 삶의 주인으로 살아갈 수 있기 때문입니다.

왈칵, 눈물

구순이 다 된 노모는 이순의 나이에 이른 딸의 뒷모습을 보겠다고 아파트 난간에 고개를 빼고 내려다보고 있었다. 차를 돌려 나오려다 꼭 그러고 계실 것만 같아 바라보았는데…… 왈칵 눈물이 쏟아졌다. 겉절이며 이것저것 한가득 쥐여 주고도 잊은 게 있다며 전화를 주는 엄마에게 짜증을 내기도 했는데……

아, 이래서 많은 이들이 하늘나라에 계신 어머니를 그리워하며 사모곡을 쓰시는구나. 왜 당연한 것을 식상하리만치 시로 노래로 읊는가 했다. 학생들 시 낭송 대회 때면 가장 많이 낭송되는 시가 심순덕 시인의 「엄마는 그래도 되는 줄 알았습니다」이다.

스무 살 봄날이었다. 교정은 가만히 있어도 가슴이 고조되는 듯한 열기가 있었다. 점심시간에 대 잔디밭에 앉아 있는데 한창 히트곡이던 가요가 흘러나왔다. 모든 추억은 음악 속에 깃들었는가. 문득 엄마가 생각났다. 나는 노트를 꺼내 끄적이기 시작했다. 시가 뭔지도 모르고 그냥 끄적인 글을 학보사에 투고했는데 어느 날 활자화되어 나왔다. 학보에 실린 최초의 나의 글인 셈이다. 80년대 초 대학가는 민주 항쟁 열기로 뜨겁기도 했지만 나름 상아탑으로서의 그 기능을 다하던 낭만이 존재하던 시기였다.

모상母像

알 수 없습니다.
어디서부터 오는 활화산인지를
만물을 포용하는 공간인 우주의 신비처럼
당신은 하나의 신비였습니다.
이슬이 맺힌 두 동공엔 말할 수 없는 긴 아픔이 서리는

당신의 가장 깊은 곳으로부터 오는

사랑의 심연에서

나는 그 헌신을 발견했습니다.

당신께 고통보다 더한 번민의 씨앗은 뿌리지 않으렵니다.

조약돌의 파문이

당신께는 얼마나 강렬한 환희와 아픔으로 던져진

운명의 사건인지를 아는 까닭에.

당신은 사랑의 천사였습니다.

당신은 당신의 분신인 생명의 핏줄에

빛을 주기 위해

자신의 영혼과 육신을 불사르는 촛불이었습니다.

당신의 존재를 알기에 그들이 웃을 수 있다는 것을

당신은 뜨겁게 느끼고 있지 않습니까.

고독한 생을 당신은 그들을 위해 알려 하지 않았고

공간의 모든 것이 그들을 위한 창조의 삶이었습니다.

당신의 눈빛에 어린 간절한 소망을 그들은 알고 있습니다.

인간으로서의 기쁨을 당신께 드리기 위해

그들은 인생이라는 긴 여행길에 오른 나그네입니다.

떨림으로 전하는 당신의 토해 내는 울음은

삶의 그릇에 채워지고

당신이 태운 불꽃은 영원한 지상의 축원으로

모든 이의 가슴에서 피어나는 보람으로 승화될 것입니다.

엄마 가슴 멍드는 줄도 모르고 "엄마는 왜 자기 개발도 하지 않고 살았냐"라고 내뱉던 철없던 딸이지만, 나의 시도 스무 살 대학 대 잔디밭에서 써 내려가던 「모상」이라는 제목의 엄마 이야기로 시작해서 어머니로 끝나지 않을까 싶다. '여자는 약해도 어머니는 강하다!'는 말이 있듯이 그 모성의 위대함을, 숭고함을 그 무엇이 뛰어넘을 수 있으랴. 훗날, 복 많은 나도 엄마 때문에 많이 울겠구나! 싶은 예감이다.

콩코드 광장의 추억

함박눈이 펑펑 쏟아지는 샹젤리제 거리는 유럽풍 한 폭의 그림 같았다. 그림 속 주인공으로 걸어 들어가 사진을 찍고 돌아서며 딸아이가 주머니에 손을 넣는 순간 "엄마, 내 아이폰 없어졌어" 하더니 오던 길을 되돌아 마구 뛰었다.

순간, 방금 전에 사진을 담고 있는 우리 곁을 스쳐 지난 앙케트 조사를 가장한 집시 여인이 뇌리를 스쳤다. 딸아이의 직감도 정확했다. 아이는 벌써 도로 위를 마구 건너 뛰어가고 있었다. 이국의 땅에서 무슨 일이 일어나고 있는 것임에 틀림없었다. "돌아와, 그냥 돌아와……" 소리치는 내 앞에 더 놀라운 광경이 펼쳐졌다. 푸른 신호등으로 바뀌었음에도 불구하고 모든 차량들이 일제히 멈춰 있었다. 그 순간에도 사람이 우선인 프랑스 사람들의 성숙한 시민 의식과 교통질서가 놀라웠다.

'이래서 선진국이라고 하는구나' 하는 생각을 하던 차에 뒤쫓던 딸아이의 뒷모습이 보이지 않았다. 모든 걸 포기한 사람처럼 한참을 멍하니 서 있었을까, 아이폰을 들고 개선장군처럼 의기양양하게 뛰어오는 딸아이의 모습이 보였다. 유럽에서는 흔한 일이라 광장에 있던 프랑스 한 남자가 처음부터 다 지켜보고 있었다는 듯이 딸아이를 향해 승리의 엄지손가락을 세워 보였다.

아이의 얼굴을 보자 격한 감정이 밀물 쳤다. "엄마는 아이폰 잃어버리는 건 괜찮은데 그 속에 담긴 사진이 아깝다는 생각을 했지만 네게 무슨 일이 일어날까 봐 얼마나 가슴 졸였는지 몰라…… 역시 내 딸이야, 대단해!" "근데 어떻게 아이폰을 찾았어?" 딸아이에게 물었다. 강한 어조로 경찰에 신고하겠다고 하니까 그 집시 여인의 눈빛이 흔들리더니 자신의 주머니에서 아이폰을 꺼내 내주더라는 것이다.

아이러니하게도 선진 시민 의식을 지녔다고 하는 프랑스 치안은 왜 이리도 허술한지 잠시 이국에서 맞닥뜨린 두

려움은 어디로 가고 내가 모르던 딸아이의 강인한 모습
에 눈 내리던 콩코드 광장은 한 폭의 수채화 그림 속 풍경처
럼 사진과 함께 지울 수 없는 감동으로 각인되었다.

'미라보다리 아래 센느강이 흐르고 우리의 사랑도 흐른다'
는 아폴리네르의 싯구를 읊조리며 이상을 꿈꾸던 젊은 날
이 있었다. 불문학 작품 속에 등장하는 '몽마르트르 언덕'이
며 '샹젤리제 거리'는 멜랑꼴리한 샹송과 함께 미지의 세계
에 대한 알 수 없는 동경과 지적 목마름을 고조시키기에 충분
했다.

꽃다운 나이임에도 불구하고 꽃다운 나이인 줄도 모르
고 보낸 스무 살, 그 시절에는 가고 싶어도 갈 수 없는 문화와
예술 그리고 패션의 도시 파리는 얼마나 아름다운 동경의 대
상이었던가. 그러나 지금 그 거리엔 언제 발생할지 모르는 테
러와 난민들로 하여 치안은 더욱 불안해지고 국가 간에도 서
로 먹고살기 힘든 무한 경쟁의 시대로 돌입했다. 이상과 현실
은 이처럼 달랐지만 딸아이와 함께한 프랑스 여행 중에 생
긴 해피 엔딩의 사건은 아직도 나의 뇌리에 강렬하게 남
아 있다.

클레오파트라의 코
― 형식과 내용

'클레오파트라의 코'는 역사에 있어서 우연성을 설명할 때 주로 인용된다. 안토니우스가 클레오파트라의 미색에 빠져 버렸기 때문에 악티움해전의 결과 옥타비아누스의 승리로 돌아갔고 '클레오파트라의 코가 한 치만 더 낮았더라도 역사는 뒤바뀌었을 것이다'라는 역사가들의 얘기로 봐서 '클레오파트라의 코'는 여성의 아름다움의 상징인 만큼 여성이 미美를 가꾼다는 것은 어쩜 숙명과도 같은 것인지도 모른다. 향기 없는 꽃은 꽃으로서의 가치가 없다고 했다. 아름다움을 가꿀 줄 모르는 여성은 향기 없는 꽃과 같으리라.

대학 시절 교양 과목으로 미술학 개론을 들은 적이 있다. 이론이긴 했지만 매우 재미있었는데 어느 날 강의 내용이 「형식과 내용」이었다. 교수님은 그 쉬운 예로 여자들의 모습을 들어 설명하셨다. 요즘 여자들은 얼핏 봐서 다들 예쁘고 세련되어 보이는데 가까이 다가가 얘기를 나누다 보면 머릿속에서 덜커덩덜커덩 깡통 소리가 난다는 것이었다. 좀 과장된 표현이긴 했지만 그 표현이 어찌나 재미있고 웃음을 자아내던지 세월이 흐른 지금에도 그 말을 떠올리면 지그시 혼자 미소 짓게 된다. 형식은 갖췄으되 내용 없음을 안타까워하신 것 같다.

'형식과 내용'하면 떠오르는 역사 속 인물이 있으니 클레오파트라와 루 살로메다. 라이너마리아 릴케와 천상의 사랑을 나누었던 루 살로메는 지성 감성 그리고 미모를 갖춘 일명 완벽한 매혹이라 극찬한 글을 읽은 기억이 난다. 『짜라투스트라는 이렇게 말했다』를 쓴 니체도 그녀에게 실연을 당한 후 이 책을 썼다니 가히 그녀의 아름다움이 짐작이 가고도 남는다.

형식과 내용이 한데 어우러져 빛을 발하는 예술 작품이나 글을 만나면 그 울림이 주는 미적 감동으로 하여 한동안 얼마나 행복하던가. 그런 의미에서 책을 통해 알게 된 것이긴

하지만 이집트의 여왕이었던 클레오파트라는 여왕이기 이전에 한 여성으로서 역사 속의 인물은 인물이로구나, 하는 생각을 갖게 한다.

그녀의 아름다움은 실제 널리 알려진 것만큼의 미모는 아니었다고 한다. 그러나 뛰어난 화술과 재치 우아한 몸짓과 부드러움이 그녀의 태도와 너무나 잘 조화되어 있어서 마치 마술을 걸어 버리는 듯한 마력을 지니고 있었고, 명랑하고 뜨거우며 매사에 적극적이었다고 한다. 또한 세련된 안목과 섬세한 정신세계를 지닌 여군주로서 자신이 사랑하고 있는 남자에게서 모든 것을 직감으로 느낄 줄 알았다.

전쟁의 결과 옥타비아누스의 승리로 돌아가자 클레오파트라는 옥타비아누스에게 '클레오파트라 이집트 여왕은 안토니우스의 무덤을 함께 나눌 수 있기를 바란다'는 내용의 편지를 보낸다. 그리고 살모사의 독으로 차분히 죽음을 선택하는 그녀의 용기와 결단력은 지조도 철학도 없는 이 시대에 한 여성으로서도 정말 멋지다는 생각을 갖게 한다.

뜨락에 아름다움의 절정을 한껏 누렸던 장미 꽃잎이 떨어지는 것을 바라보면서 아름다운 것일수록 붉은 선혈을 뚝 뚝 떨구듯 더욱 처절히 소멸해 가는 미美의 속성에 대해 생각해 본다. 그리고 한 여자에 대해서도.

여성이 미美를 가꾼다는 것은 어쩜 숙명과도 같은 것인지도 모른다. 향기 없는 꽃은 꽃으로서의 가치가 없다고 했다. 아름다움을 가꿀 줄 모르는 여성은 향기 없는 꽃과 같으리라.

5부

나의 소울메이트

남한강 강가에 일명 중앙탑이라 불리는 충주 탑평리 칠층
석탑이 있다. 공원 내에는 여러 조각 작품들이 전시되어 있
는데 그중 '바다의 하늘'이라는 작품은 내가 좋아하는 작품
중의 하나다. 엄마의 품 안에 하늘을 우러르고 있는 아들딸
의 모습이 참으로 정겹다.

어릴 때는 엄마의 품이 바다이고 하늘이고 우주가 아니겠
는가. 엄마의 뱃속으로부터 나와 탯줄을 끊어도 영혼은 언제

어디서나 이어져 있는 것이 핏줄이다.

우리 가족은 아이들 어릴 때 공이며 자전거를 가지고 와서 이 공원에서 뛰어놀게 했다. 그때의 강가 배롱나무는 흔적도 없이 사라지고 지금은 능수버들이며 소나무가 크게 자라 한껏 멋들어진 자태를 드러내고 있다. 그 그늘로 찾아드는 사람들 또한 휴식과 충전의 아름다운 기억으로 간직될 것이다.

얼마 전 어느 지인이 그런다. 내 것을 아낌없이 다 내어 줄 수 있는 건 이 세상에 자식뿐이라고, 그 말에 고개를 끄덕이며 무한 긍정의 미소를 지어 보였었다. 특히 딸아이들은 자라면서 엄마의 소울메이트로 성장 발전한다.

살다 보면 속내를 함부로 드러내면 낭패를 볼 수 있는 경우가 있다. 특히나 세 치 혀는 잘 다루어야 할 물건이다. 아무에게도 말할 수 없는 얘기 일테면 임금님 귀는 당나귀 귀 같은 말은 딸에게 말하고 나면 좀 후련해진다고 할까.

오늘도 강물은 흘러 흘러 가고, 사랑은 내리사랑이라고 엄마의 엄마 또 그 엄마의 엄마, 세상 모든 엄마들에게 또 그 딸들에게 축복 있으라!

난 네가 지금처럼 늘 행복했으면 좋겠어

그 어떤 슬픔
그 어떤 난관도 굳건히 헤쳐 나갈 수 있는
긍정의 힘으로
난 네가 살아가길 바라

햇빛, 달빛, 별빛이
너를 위해 존재하는 것처럼
나도 네 뒤에 배경으로 서 있을게

난 네가 많이 웃었으면 좋겠어
그래서 이 세상이 한층 더 밝아졌으면 좋겠어

— 졸시 「난 네가 행복했으면 좋겠어」 전문

세상이라는 큰 책 속을 걷다

　입추 지나 처서, 한낮엔 아직 뜨겁지만 아침저녁으로는 제법 선선한 바람이 불어옵니다. 집 안에서 김대중 전 대통령의 영결식을 TV 화면을 통해 지켜보았습니다. 파란만장한 여정을 걸어온 역사적 인물이면서도 한 인간으로서도 참 소탈하고 존경스러운 분이셨구나, 하는 생각과 질곡의 역사를 함께 공유한 아내이면서 동지였던 이희호 여사의 남편에 대한 지극한 사랑과 존경의 마음에는 감동이 뭉클 일었습니다.

일찍이 데카르트는 논리적 사고와 이성만이 자신을 올바른 길로 인도해 줄 수 있을 거라 믿고 모든 학문에 대한 온갖 책들을 읽었다고 합니다. 그러나 책 속에서는 아무것도 찾을 수가 없어서 책을 통한 공부를 때려치우고 '세상이라는 큰 책' 속에 뛰어들어 세상 공부를 했다고 합니다.

그 옛날 난 타오르는 책을 읽었네
펼치는 순간 불이 붙어 읽어 나가는 동안
재가 되어 버리는 책을

행간을 따라 번져 가는 불이 먹어 치우는 글자들
내 눈길이 닿을 때마다 말들은 불길 속에서 곤두서고
갈기를 휘날리며 사라지곤 했네 검게 그을려
지워지는 문장 뒤로 다시 문장이 이어지고
다 읽고 나면 두 손엔
한 움큼의 재만 남을 뿐

놀라움으로 가득 찬 불놀이가 끝나고 나면
나는 불로 이글거리는 머리를 이고
세상 속으로 뛰어들곤 했네

그 옛날 내가 읽은 모든 것은 불이었고

그 불속에서 난 꿈꾸었네 불과 함께 타오르다 불과 함께
몰락하는 장엄한 일생을

이제 그 불은 어디에도 없지
단단한 표정의 책들이 반질반질한 표지를 자랑하며
내게 차가운 말만 건넨다네

아무리 눈에 불을 켜고 읽어도 내 곁엔
태울 수 없어 타오르지 않는 책만 차곡차곡 쌓여 가네

식어 버린 죽은 말들로 가득 찬 감옥에 갇혀
나 잃어버린 불을 꿈꾸네

— 남진우 시인의 「타오르는 책」 전문

　책 속에 길이 있고, 밥이 있고, 진리가 있다고 해서 책과 함
께 하지 않은 젊음은 거의 없을 것입니다. 그러나 정작 세상
을 조금씩 알아 가면서 책 속의 세상은 죽은 언어의 세상일
뿐이라는 자각을 하게 됩니다. 물론 젊은 날의 독서는 가치관
의 확립과 내적 풍요를 가져다주는 아주 중요한 간접 경험의
소산이기에 꼭 필요한 기본이기도 합니다만 데카르트의 이
론에 밑줄을 그으며, 나 역시도 마흔을 넘어 비로소 세상이
라는 큰 책을 다시 읽기 시작했습니다. 인생을 새로이 배우기

시작했습니다.

인생은 나를 찾아 떠나는 여행입니다. 그 여행길엔 극복해야 할 예측 불허의 일들이 복병처럼 숨어 있다가 나타나기도 합니다. 그러나 폭풍을 피해 가는 사람에겐 그날이 그날일 테지만 폭풍 속을 통과한 사람에겐 기록할 개인의 역사가 있습니다. 그것이 보잘것없는 한 범부의 일상일지라도 나를 나로 존재하게 하는 의미 있는 일입니다. 자신의 삶을 한 차원 아름답게 승화시킬 수 있다면 행복한 일입니다. 고통조차도 감사해야 할 일입니다. 그래서 인생은 더 살아 볼 만한 가치와 의미가 있지 않나 싶습니다.

『인생은 아름답고 역사는 발전한다』 이 한 줄의 문장은 김대중 전 대통령이 일기 형식으로 쓴 최근에 발간된 책 제목입니다. 얼마나 근사한 말입니까. 그 어떤 시대의 영웅도 세월 앞에는 무력하게 생을 마감할 수밖에 없습니다. 그러나 삶의 유한성을 되돌아보면서 우리가 살아 있는 동안 더 열심히, 더 아름답게, 살아야 하는 이유이기도 합니다. 인생은 아름답고 역사는 발전하는데 가을은 또 어떤 모습으로 다가올지, 잠자는 감성을 일깨워 세상이라는 깊고 넓은 책 속을 산책하며 좋은 글을 쓰고 싶은 계절입니다.

정작 세상을 조금씩 알아 가면서 나 역시도 마흔을 넘어 비로소 세상이라는 큰 책을 다시 읽기 시작했습니다. 인생을 새로이 배우기 시작했습니다.

시詩 그 아프고도
황홀한 정신의 궤적

얼마 전, 전화 통화 중에 어느 여성분이 "선생님 시詩 『꽃그늘 아래서』 한국시인협회 사화집에서 읽었어요" "그 시는 선생님 같아요." 그러는 거다. 지레 쑥스러워져서 "지금이니 그시를 발표하지 더 젊었더라면 부끄러워 발표도 못 했을 거예요" 하고 전화를 끊고 나니, 업무적인 일로 몇 번 통화를 했을 뿐, 직접 만나기는 올여름 숲속 시인학교 때 처음 만난 아가씨인데, 그 시가 나 같다니……

"**씨, 그 시가 왜 나 같다고 생각했어요?" 물어볼 걸 미쳐 생각이 미치지 못한 나의 아둔함을 순간 탓했다.

그리움과 사랑을 많이 읊은 시인일수록 정작 뛰어들어 불타는 사랑 한 번 못 하고 가슴으로만 그리다가 소멸의 쓸쓸함을 시로 읊는 것이 아닌가 하는 생각을 요즘 하게 된다. 만약 뛰어들어 불타는 사랑을 하고 재가 되어 버리는 지극히 통속적인 사랑이었다면 영감을 불러일으켜 글로 승화시킬 여백도 없이 한 줌 재로 소멸해 가지 않았을까. 로미오와 줄리엣이 결혼을 해서 아들딸 낳고 행복하게 잘 살았다면 일상의 매너리즘 속에 그 사랑은 서서히 죽어 갔을 것이고 로미오와 줄리엣은 한 편의 명작이 될 수 없었을 것이다. 사랑에는 약간의 비극적 요소가 있어야 더 애틋하고 진한 여운이 남는다.

살아가다 보면 넘고 싶지만 넘지 말아야 할 선이 왜 없겠는가. 나직이 불러 보고픈 이름 하나 왜 없겠는가. 모든 금지된 것은 또한 얼마가 가닿고 싶은 매혹인가. 아름다운 거리의 사랑은 정신적 교감을 통한 창조력을 불러일으키기도 하지만 그 아름다운 거리가 주는 아득하고도 푸른 고통의 강을 건넌 자만이 가닿을 수 있는 고지가 아니던가.

우리나라 역사 인물 중에 나는 유독 신사임당과 황진이를 좋아한다. 신사임당은 우리나라 대표적인 현모양처의 어진 어머니요 동시에 자신의 예술적 재능까지 성취한 여인이다. 반면 황진이는 애처로운 기생이었지만 자유혼을 지닌 여인이다. 신사임당이 국화를 연상시킨다면 황진이는 장미를 떠올리게 한다. 국화와 장미, 정숙과 농염, 고전과 낭만을 나는 다 소유하고 싶다. 신사임당의 절제된 단아함이 좋고 황진이의 풀어헤친 듯한 자유혼이 좋다. 그래서 신사임당 같은 엄마, 꽃 같은 아내이고만 싶었는지도 모른다.

여자들이 닮고 싶어 하는 신사임당과

남자들이 만나고 싶어 한다는 황진이 사이에는

국화와 장미가 피어난다

국화와 장미 사이에는

낮과 밤 그리고 정숙과 농염

맑음과 관능이 깃들어 있다

절제된 단아함과 풀어헤친 듯한 자유혼이 깃들어 있고

고전과 낭만의 경계가 그곳에 있다

신사임당과 황진이가 서로를 허물고

만나는 정점에는 찰나의 칼날 위

반짝이는 황금의 꽃이 피어난다.

— 졸시 「신사임당과 황진이 사이에는」 전문

저녁을 먹고 사과를 깎는 여인을 중심으로 온기 묻은 아이들의 웃음소리가 거실 바닥을 뛰어다니는, 그런 더없이 소박한 빛이 도란거리는 아늑한 풍경 하나 내 삶 속에 그려 넣고 싶었다. 어머니가 우리에게 그랬던 것처럼 모성이 젖줄이 흐르는 거실의 힘이 곧 가족의 힘이라는 것을 너무 일찍이 깨달아 버렸는지도 모른다.

그 옛날 재능 가진 여성들이 사회제도와 인습의 벽에 부딪쳐 얼마나 외롭게 스러져 갔는가. 시대가 제아무리 변해 여성 상위의 시대라고는 하나 마음의 나신과도 같은 정신세계를 선뜻 드러내기가 쉽지만은 않다. 그 벽을 뛰어넘지 못한다면 시인이라는 명패만 달고 물러앉게 되는 것이다.

나는 어쩜 정신세계만이라도 자유롭고 싶었는지도 모른다. 그러기에 나를 스치고 지나가는 매혹의 순간들을 그 아프고도 황홀한 정신의 궤적을 살아 꿈틀거리는 푸른 지느러미를 가진 물고기처럼 사로잡아 시로 승화시키고 싶었는지도 모르니까 말이다.

아름다웠던 시간의 황홀

살아가면서 아름다웠던 순간순간의 기억이 누구나 추억의
책장에 차곡차곡 쌓여 갈 것이다. 어느 날 그 책장을 뒤적거
리다가 생각지도 않았던 강의 노트를 발견하였다. 스무 살 나
의 지적 목마름에 자양분이 된 보물 같은 노트다. 맨 첫 장을
열자 깨어나는 듯한 글귀가 적혀 있었다.

평범한 여자는 행복을 추구하고 비범한 여자는 가치를 추구한다.

어느 작가가 말한 이 글귀를 잊지 않기 위해 분명 나의 노
트 첫 장에 기록해 두었을 것이다. 젊음과 열정이 들끓던 어
느 한때 이 글귀는 전율하듯 나의 뇌리에 각인됐던 것 같다.
그리고 한 여성으로서 미래의 나의 길을 더듬어 보았던 것
같다.

자유로운 학문에 대한 끝없는 탐구심과 지적 호기심으로
가득 찼던 그 시절에는 사회적 제도나 관습에 얽매이지 않고
맑은 눈으로 세상을 한껏 바라다볼 수 있어서 좋았다. 요즘
과는 달리 낭만과 순수 학문에 대한 탐구가 가능했고 상아
탑으로서의 대학 기능이 존립하던 때라 더욱 아름다웠던 시
간의 황홀을 맛보았던 것 같다.

계절마다 운치를 자아내던 캠퍼스 숲길을 걸을 때면 지극
히 인간적인 신들이 살던 올림푸스 산정이 이처럼 아름다웠
을 것이라는 상상을 하곤 했다. 그리고 그 숲길을 걸으며 나
누었던 무수한 대화와 사색의 음률들 숲속 나무 벤치에 앉
아 전혜린의 여동생인 전채린 교수님을 비롯해 몇몇 존경하
는 교수님들과의 대화는 스무 살 나의 정신의 목마름을 달래
주곤 하였다.

단짝이던 미희 언니와 전공 외에 좋아하는 강의를 일일이 찾아다니며 듣고 메모하던 기억들…… 앙드레 말로의 『인간의 조건』이며 김지하 시인의 「황톳길」 김수영 시인의 「풀」 등 지금은 기억할 수도 없는 시詩와 글을 보내오곤 하던 정체불명의 편지, 점심시간에 친구들과 대 잔디밭에서 휴식을 취하고 있을 때 교내 방송에서 흘러나오던 이선희의 'J에게' 음색 맑은 가요가 가슴으로 각인되던 시절이 있었다. 분명 그 시절의 젊음과 순수한 열정은 아름다웠다. 다시 되돌릴 수 없기에 더욱 아름답다.

진흙탕 속에 뿌리를 박고 있으면서도 천상을 향해 붉은 꽃을 피워 내는 연꽃처럼 현실의 대지 위에 굳건히 두 발을 딛고 살면서 나도 무엇인가 심혼心魂을 불태운 정신의 꽃을 피워 내고 싶던 스무 살 적 열망이 분명 내게도 있었던 것이다. 지금도 아름다웠던 시간의 황홀 속으로 스러져 간 그 열망의 꽃을 다시금 피워 내고픈 것이다.

아이티에도 희망의 햇살이

무너진 콘크리트 건물 잔해 사이로 삐져나와 축 늘어진 팔을 속수무책 바라보았다. 신문 맨 첫 장을 장식한 한 장의 사진이 시사하는 바는 참으로 크다. 뉴스를 함께 보던 작은 아이가 그런다. "신은 불공평하다고, 먹을 게 없어 흙으로 진흙 과자를 구워 먹는다는 작고 가난한 나라에 왜 저런 고통까지 주느냐고" 참혹한 대지진의 모습 앞에 아이까지도 신의 존재를 의심하게 만드는 현상이 벌어졌다.

지적 목마름이 절정을 달하던 대학 2학년 때쯤이었던 것 같다. 「인간, 평화 그리고 미래」라는 참신하고도 독특한 강의를 감동적으로 듣곤 했는데, 어느 날 교수님은 모든 사상의 총체인 도스토옙스키의 『카라마조프가의 형제들』을 꼭 읽어 보라고 권하셨다. 그 당시 상하권으로 된 너무 두꺼운 책이라 나는 뒤늦게 읽게 되었다.

물욕의 상징인 아버지를 중심으로 다혈질의 자유분방한 맏아들 드미트리, 냉철한 지성과 날카로운 비판력을 지닌 무신론자 이반, 따뜻한 영혼의 소유자이며 러시아의 미래로 지칭되는 알료샤 그리고 편협적인 광기의 소유자 스메르쟈코프 등 서로 각기 다른 개성의 네 아들을 통하여 인간의 본질적인 문제와 신의 존재 여부 그리고 인간 내면의 선과 악의 싸움을 통하여 어떻게 살아갈 것인가의 물음을 제기한다.

그 당시 이 책을 읽으면서 소설 속 허구의 인물이긴 하나 냉철한 지성의 이반에게 끌렸다면 지금은 따뜻한 영혼의 소유자인 알료샤에게 마음이 간다. 이 책을 읽으면서 하나의 희망 사항이 생겨났던 것도 같다. 자라나는 내 아이들이 이반과 알료샤의 장점을 절충한 따뜻한 어른으로 성장해 주었으면 하는 바람이다.

아이티는 1804년 프랑스로부터 독립한 카리브해 연안의 작은 섬나라다. 새삼 아이티의 참상 앞에서 이 책이 생각난 것은 신의 존재 여부에 대한 떨치지 못한 의문이 아직도 남아 있기 때문이다. 이 세상 어딘가에 또는 누구 나의 가슴속에 신이 존재해 있다는 희망을 믿고 싶어서다. 건물 더미에 깔려 죽어 가는 생명을 눈앞에서 뻔히 지켜보면서도 어쩌지 못하는 현실 앞에서 맑은 눈망울의 그들에게 다행히 우리나라뿐 아니라 세계 곳곳에서 구호와 구조의 소식은 지켜보는 우리들에게까지 마음을 훈훈히 데워 준다. 지구촌은 하나라는 사명감을 다시금 인식하게 된다.

새벽에 깨어나
반짝이는 별을 보고 있으면
이 세상 깊은 어디에 마르지 않는
사랑의 샘 하나 출렁이고 있을 것만 같다
고통과 쓰라림과 목마름의 정령들은 잠들고
눈시울이 붉어진 인간의 혼들만 깜박이는
아무도 모르는 고요한 그 시각에
아름다움은 새벽의 창을 열고
우리들 가슴의 깊숙한 뜨거움과 만난다
다시 고통하는 법을 익히기 시작해야겠다
이제 밝아 올 아침의 자유로운 새소리를 듣기 위하여

따스한 햇살과 바람의 라일락 꽃향기를 맡기 위하여

진정으로 진정으로 너를 사랑한다는 한마디

새벽 편지를 쓰기 위하여

새벽에 깨어나

반짝이는 별을 보고 있으면

이 세상 깊은 어디에 마르지 않는

희망의 샘 하나 출렁이고 있을 것만 같다

— 곽재구 시인의 「새벽 편지」 전문

　어려운 때일수록 희망적인 시를 읽으며 긍정의 에너지를 스스로 생성하려고 노력하듯이, 마르지 않는 희망의 샘, 사랑의 샘이 이 지구촌에도 샘솟았으면 좋겠다. 라일락 꽃향기를 맡는 오월의 새 아침처럼 전쟁과 다툼이 없는 아름답고 평화로운 가운데 모두가 행복하게 잘 살았으면 좋겠다.

좋은 글은 마음을 향기롭게 한다.

　최명희문학관과 연꽃 축제가 열리고 있는 전주 덕진공원을 향해 문학 기행을 가는 날이다. 옆에 앉은 시인이 그런다. 요즘 문인은 많아도 향기를 발하는 문인은 찾아보기가 어렵다고. 그녀의 말에 고개를 끄덕이며 수긍할 수밖에 없었다. 문인뿐만 아니라 어느 단체 어느 조직에서든 정통하다고 인정할 수 있는 사람은 20%에 불과하다고 한다.

　글만 잘 쓴다고 되는 것도 아니며 은은한 내면의 향기를 발하는 인품을 갖추기까지는 오랜 시간 남모를 내공과 마음의 수양이 있어야 하기 때문이다.

어느 해던가. 한국시인협회 사화집에 실린 시를 읽고 어느 분이 편지와 함께 좋은 글을 보내 주셨다. '구용九容과 구사九思'에 관한 글이었다. 신사임당의 아들인 조선 후기의 대표적 학자 율곡 이이가 쓴 학업 입문서이자 수신서인 '격몽요결擊蒙要訣'나오는 글이다.

구용九容이란 첫째 발 모양을 무겁게 하고(足容重), 둘째 손 모양을 공손히 한다(手容恭), 셋째 눈 모양을 단정히 하고(目容端), 넷째 입의 모양을 함부로 하지 말고(口容止), 다섯째 음성은 조용하게 한다(聲容靜), 여섯째 머리 모양을 곧게 하고(頭容直), 일곱째 몸의 기운을 엄숙하게 한다(氣容肅), 여덟째 서 있는 모양을 덕스럽게 하고(立容德), 아홉째 얼굴빛을 씩씩하게 하라(色容莊)는 내용이다.

구사九思란 첫째 눈으로 볼 때는 밝고 바르고 옳은 면을 생각하고(視思明), 둘째 귀로 들을 때는 귀 밝은 소리만 듣고(聽思聰), 셋째 얼굴빛은 항상 온화하게 하고(色思溫), 넷째 몸가짐은 공손하게 하고(貌思恭), 다섯째 말 한 마디도 성실하게 해야 한다.(言思忠) 여섯째 일할 때에는 공경함을 잃지 말아야 하고(事思敬), 일곱째 의심나는 일은 반드시 물어보아야 하고

(擬思問), 여덟째 화가 날 때는 화낸 뒤를 걱정해야 하고(忿思難), 아홉째 이득을 보거든 반드시 의리를 생각하라(見得思義)는 내용이다.

요즘 나는 번뇌의 근원이라 생각되는 일로 어느 순간 마음이 어지러웠다. 그 번뇌의 근원을 품어 안느냐, 내치냐로 고민을 한 자체가 내 그릇이 작기 때문이라는 걸 잘 알고 있다. 세월이 흘러도 진리는 변하지 않듯이 흐르는 강물처럼 흘러가는 것들을 순리에 내맡기고 지그시 바라보고 싶다. 이 여름을 꽃향기에 젖듯이 좋은 글을 읽으며 마음의 양식으로 스미어도 좋으리라.

청춘

가뭄에 축 처진 파초 잎처럼 몸이 처지고 시든 꽃잎처럼 마음이 메말라 갈 때 스스로에게 주술을 걸 듯 읊조리게 되는 글이 있다. 맥아더 장군이 자신의 집무실에 걸어 두고 보았다는 글이다. 열정과 능력을 갖춘 장군도 이 글을 보며 사위어 가는 전의를 불태웠을까? 평안에 기거해서 나름 익어 가고 있는 것이라고 믿고 있었는데 사실은 늙어 가고 있는 일상에 대한 나 자신을 위한 따끔한 경고장 같은 '청춘'을 읊조려 본다.

청춘이란
인생의 어느 한 시기가 아니라 마음가짐을 뜻한다.
장밋빛 볼, 붉은 입술, 부드러운 무릎이 아니라
풍부한 상상력과 왕성한 감수성, 의지력
그리고 인생의 깊은 샘에서 솟아나는 신선한 정신을 뜻한다.

청춘이란
두려움을 물리치는 용기, 안이함을 뿌리치는 모험심
그 탁월한 정신력을 뜻한다.
때로는 스무 살 청년보다
여든 살 노인이 더 청춘일 수 있다.

누구나 세월만으로 늙어 가지 않고
이상을 잃어버릴 때 비로소 늙어 간다.
세월은 피부에 주름살을 만들지만
열정을 가진 마음을 시들게 하지는 못한다.

근심과 두려움 자신감을 잃는 것이
우리의 기백을 죽이고 마음을 시들게 한다.
그대가 젊어 있는 한

여든 살이든 열여섯 살이든
가슴속에는 경이로움을 향한 동경과
아이 같은 왕성한 탐구심과
인생에서 기쁨을 얻고자 하는 열망이 있는 법.

그대의 가슴에 그리고 나의 가슴속에는
마음과 마음의 안테나가 있어
인간과 신으로부터 아름다움과 희망, 기쁨, 용기,
힘의 영감을 받는 한
우리는 언제나 청춘일 수 있다.

타는 저녁놀의 황홀

아침에 일어나면 주방으로 향하게 된다. 그리고 주방 창가를 통해 들어오는 풍경을 통해 오늘 하루의 미세 먼지 농도라든가 공기의 청정도를 가늠하게 된다. 가까이는 호암지와 그 너머 평화로운 전원의 풍경 따라 탄금대로 이어지는 탄금대교가 들어온다. 저 멀리 산과 산이 겹겹이 연꽃의 형상으로 충주를 둥글게 품어 안은 형상이다. 참으로 아늑하게 다가온다. 어느 저녁에는 밥을 짓다가 탄성을 지른 적이 있다.

온 하늘이 붉게 물들어 누군가에겐 감동을 전하지 않으면 못 견딜 일몰의 풍경이 펼쳐진 것이다. 떠오르는 일출의 풍경도 숨 막히지만 일몰의 풍경도 일출 못지않게 감동적이라는 걸 그때 처음 알았다.

나이 들면서 엄마들의 소울메이트는 딸이라고 하지 않던 가. 사진을 찍어 날렸더니 기다렸다는 듯이 광화문 거리 세종대왕 동상 위로 붉게 물든 저녁놀의 풍경을 보내왔다. 이런 순간을 텔레파시라 하나 보다.

대자연의 순환은 처음처럼 때때로 신선한 감동을 안겨 주곤 하는데, 무릇 생명 있는 것들은 늙어 가면서 왜 아름다울 수 없을까? 인간의 모순과 부조리함에 대해 때론 회의를 품기도 하는 게 사람이지만, 대자연이 연출해 내는 풍광 앞에 어찌 순간순간을 감사하며 살지 않을 수 있으랴.

어릴 때 나의 뒷심은 뒷동산 같은 부모였을 것이나

지금의 나의 뒷심은 신의 눈길 같은 가족과 무궁무진한 세계를 알게 한

몇 권의 책과 홀로이면서도 고독하지 않은 충만함을 갖게 한 인드라망 속의

따뜻한 존재와 저 찬란한 햇살과 꽃과 나무와 바람 같은 시와 그리고 타는

저녁놀의 황홀······

타는 저녁놀의 황홀에 문득 버킷리스트를 생각했다. 죽기 전에 해 보고 싶을 것들…… 그것이 크고 거창한 것일 수도 있겠고, '소확행'이라고 소소하지만 확실한 행복을 주는 사소한 것들일 수도 있겠다. 요즘 아이들은 치열한 경쟁 속에 자라기도 하지만 그래도 그때그때 자신이 하고 싶은 것을 하면서 성장하지 않나 싶다. 우리 세대만 해도 여럿 남매 속에 자라다 보니 대학 졸업장만 있어도 선택받은 것이나 다름없었다.

나는 자연 친화적인 환경 속에 자라서인지 좋은 사람들과의 만남도 좋아하지만 나이를 더할수록 심플한 일상을 꿈꾸게 된다. 어디를 가든 노트북과 책과 커피만 있으면 홀로 있어도 충만하게 시간을 잘 보낸다.

지금 맡고 있는 작은 직책을 내려놓으면 팔순 노모와 손잡고 공원을 산책해야지, 소백산 철쭉제에도 가고, 야생화의 천국이라는 곰배령에도 가야지. 오래 못 만난 벗도 만나고 유유자적 살아가야지, 하고 벼른다. 그 소소한 소망이 있기에 오늘 내게 주어진 과제를 감사히 받아들이고 성취와 보람으로 하루하루를 마감하게 되는지도 모르니까.

현대판 박쥐들

몇 년 전 나보다 한참 언니뻘 되는 어느 지인이 그런다. "사람은 겪어 봐야 안다고!" 그때 나는 뭐라고 했던가? "그 이미지 그대로 아니냐!"라고. 그런 일이 있고 겨우 몇 년 지나지 않아 인생 더 산 그 지인의 말이 옳았음을 뼈아프게 느껴야 했다.

열 길 물속은 알아도

한 길 사람 속을 모르는,

마음이란
부서지기 위해 있고
약속이란
깨지기 위해 있다는 듯이

당장 손절해도
아쉬울 것 없는 인간관계란

그만큼만
그 정도만

— 졸시 「가치도 가치 나름」 전문

　진짜와 가짜, 곁에 둘 사람과 멀리할 사람, 평생 함께 가고
픈 사람과 걸러지는 사람, 겪어 보고 나서야 판가름이 난다.
그것은 학력이나 부의 척도와는 무관하다. 극히 드물긴 하지
만 자신의 이익보다는 상대를 먼저 배려할 줄 아는 사람, 또
는 봉사 정신이나 희생정신이 있는 사람은 어디를 가나 환
영을 받는다. 그의 이타심이 본능적으로 느껴지기 때문이다.
'네가 잘 돼야 나도 행복하고 내가 잘 돼야 너도 행복하기를'
빌어 주는 상호 공생의 관계 속에서 우리가 살아간다면 얼마

나 좋을까.

제일 무서운 건 앞에서 웃고 뒤로 뒤통수치는 인간이다. 대부분 동성 간에서는 친하다가도 어느 한쪽의 시기나 질투심을 이기지 못해 우정이 끝나는 걸 볼 수 있다. 원인은 친한 그 사람이 잘 되는 게 싫은 게다. 그래서 슬플 때 위로하기 보다 기쁜 일이 있을 때 진심으로 축하해 주기가 더 어렵다고 한다.

이솝 우화에 박쥐 이야기가 나온다. 박쥐는 쥐와 비슷하게 생겼으니 들짐승일까 아니면 새처럼 날개가 있어 날 수 있으니까 날짐승일까. 어느 날 들짐승과 날짐승 간에 싸움이 벌어졌다. 날짐승이 이길 것 같으면 자기는 날개가 있어 날짐승과 같은 편이라며 날짐승에 착 달라붙어 들짐승을 험담하고 이간을 일삼는다. 들짐승이 이기는가 싶으면 자기는 들짐승이라며 왔다 갔다 하다가 결국에 그 어디에서도 환영받지 못하고 동굴 속에 숨어 살게 되었다는 박쥐 이야기는 어쩜 현대인이 살아남기 위한 처절한 발버둥 같은 자화상일지도 모른다고 생각하면 그래도 좀 위안이 될까.

아름다운 바보,
당신은 갔어도

    당신이 가던 날 아침, 공주로 향하는 문학 기행 차 안에서 당신의 소식을 한 통의 전화로 받고 믿기지 않아 라디오를 켰습니다. 하늘마저 슬펐던지 간간이 빗방울이 차창을 때렸습니다. 가식이라곤 없는 너무나 인간적인 언행에 무수한 질타를 당하기도 했던 당신, 순수한 것도, 정직한 것도, 따뜻한 인간애도 죄가 되는 세상이라면 구차하게 살아 무엇하겠냐마는 그 험난한 고비 고비 잘도 극복해 오셨는데 봉하 마을 고

향에서 농사짓고 환경 운동하면서 살고 싶다던 그 마지막 소박한 꿈을 어쩌자고 접으셨는지요. 어쩌자고 이 생을 놓으셨는지요. 이 시대의 가치의 상징이던 당신을 향한 기대가 컸기에 짧고 얄팍했던 문검을 용서하소서.

너무 많은 사람들에게 신세를 졌다.
나로 말미암아 여러 사람이 받은 고통이 너무 크다.
앞으로 받을 고통도 헤아릴 수가 없다.

여생도 남에게 짐이 될 일밖에 없다.
건강이 좋지 않아서 아무것도 할 수가 없다.
책을 읽을 수도, 글을 쓸 수도 없다.
너무 슬퍼하지 마라.
삶과 죽음이 모두 자연의 한 조각 아니겠는가.
미안해하지 마라. 누구도 원망하지 마라.

운명이다. 화장해라.
그리고 집 가까운 곳에 아주 작은 비석 하나만 남겨라.

오래된 생각이다.

당신이 남긴 유서를 읽으면서 그만, 한참을 울고 말았습니다. 자신 하나를 버림으로써 사랑하는 이들을 구하고자 모든 걸 떠안고 홀로 묵묵히 떠나가는 당신의 뒷모습, 그 그늘이 너무도 깊어 울었습니다. 지역감정 타파와 민주 정의를 이 땅 위에 이루고자 했던 당신의 꿈과 신념은 바보 같지만 아름다웠습니다. 한 나라의 대통령이기 이전에 사람을 사랑하고, 세상을 품는 당신은 진정한 휴머니스트였습니다. '삶과 죽음이 자연의 한 조각' 이듯 결국은 우주라는 큰 틀 안에 우리 모두는 함께하는 것이라 믿기에 당신의 족적이 있어 행복하지만 슬픕니다. 슬프지만 행복합니다.

당신을 보내며 다시 한번 느끼는 것은 이념이나 당의 차원을 뛰어넘는 성숙한 민주 정치로 가야 한다는 사실입니다. 아직도 이분법적 논리에 젖어 편 가르기나 패거리 싸움을 즐기는 미성숙한 의식을 박차고 나와 화합과 협력을 통한 아름다운 상생의 길로 가야 한다는 것입니다.

누구에게나 노선을 묻는다면 참되고, 선하고, 아름다운 것을 향해 나아가는 것이라고 당당히 말할 수 있어야 합니다. 실천해야 합니다. 좌파냐 우파냐, 여당이냐 야당이냐, 주류냐 비주류냐를 따지기 전에 진선미眞善美에 부합된 삶을 살도록 우리 모두가 스스로 채찍질을 해야 한다는 것입니다. 그것이 너도 살고 나도 사는 상생의 길로 나아가는 민주주의 첫걸음일 것이기 때문입니다.

거칠지만 뜨거웠던 당신의 여정, 서툴지만 진실했던 당신의 영전에 국화꽃 한 송이 바치며 부디 하늘나라에서 평안하소서. 붉은 꽃잎 뚝, 뚝, 떨구듯 그렇게 당신은 슬피 갔어도 당신이 추구하던 가치는 영원히 살아남아 역사는 당신의 뜻과 정신을 기릴 것입니다.

'삶과 죽음이 자연의 한 조각' 이듯 결국은 우주라는 큰 틀 안에 우리
모두는 함께하는 것이라 믿기에 당신의 족적이 있어 행복하지만 슬픕
니다. 슬프지만 행복합니다.

누군가의 햇살이자 꽃이자 바람이었던 그대에게

초판 1쇄 발행 2022년 10월 07일

지은이 이정자
펴낸이 이재무
기획위원 김춘식, 유성호, 이형권, 임지연, 홍용희
책임편집 박찬세
디자인 이라희

펴낸곳 (주)천년의시작
등록번호 제301-2012-033호
등록일자 2006년 1월 10일
주소 (03132) 서울시 종로구 삼일대로32길 36 운현신화타워 502호
전화 02-723-8668
팩스 02-723-8630
홈페이지 www.poempoem.com
이메일 poemsijak@hanmail.net

ISBN 978-89-6021-668-6 03810
값 15,000원

*이 책은 충주중원문화재단 문화예술지원사업 중견예술가 부문 지원금으로 발간되었습니다.